翠天後宮の降嫁妃

～その妃、寵愛を競わず平凡を望む～

風乃あむり

ビーズログ文庫

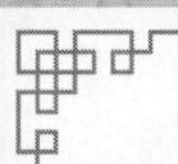

目次

suitenkoukyu no koukahi
sono kisaki, chouai wo kisowazu
heibon wo nozomu

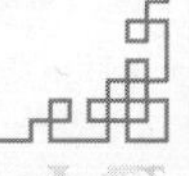

翠山国王太子。
帝国に知らせず後宮を構えるが、
それには裏があるようで……!?

大黄帝国の公主。
政略のため翠山国に降嫁。とある
秘密を持つため『普通』にこだわる。

帝国から連れてきた桃英の侍女。
常に冷静で桃英の強い味方。

大黄帝国皇帝。桃英の双子の兄。
妹の幸せを願い、
翠山国へと嫁がせた。

翠天後宮の降嫁妃

～その妃、寵愛を競わず平凡を望む～

登場人物紹介

後宮の妃たち

史紫薇（ししび）

淑妃の位を持つ史家の姫。
非の打ちどころのない妃。

温小梟（おんしょうきょう）

賢妃の位を持つ温家の姫。
漣伊とは従姉弟。

劉涼（りゅうりょう）

徳妃の位を持つ劉家の姫。
武人一家で育つ。

劉暁（りゅうぎょう）

涼の兄で将軍職を務める。
翠山国軍一の剣豪。

温漣伊（おんれんい）

星狼の侍中。
かつて星狼とは武官仲間だったため
気安い仲。

イラスト／起家一子

序

――桃英、約束してね。

まだ幼い私に、母様は言った。

――あなたには、人とは違う力がある。それを絶対に隠し通して。

いつもはおっとりとした母様が、怖いくらい必死に私の両手を握っている。

――あなたも、それから熹李も『普通』でいてちょうだい。

眼差しに込められた切実さが、私の心をぎゅっと縛った。私は、言われたことの意味を十分には呑み込めぬまま、ただ母様を安心させたくてこう答えた。

「母様、分かりました。約束します。桃英は力を隠します。ちゃんと『普通』でいますから」

約束すると、母様は微笑んだ。

その儚い笑みを、私は今も忘れられないでいる。

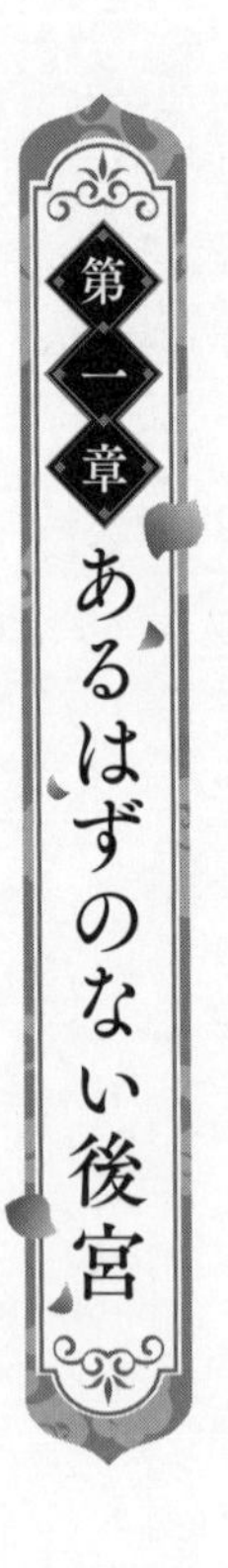

初めて訪れた翠山国の宮城『翠天宮』。

その宮城の奥深く、輿に乗せられ運ばれた先で、私の夫となる男——この国の王太子が待っていた。

私は今日、この男に降嫁した。

恭しく彼に手を引かれ、新たな住まいへと招き入れられる。

豪奢な婚礼衣裳の裾を引きながら、平伏する女官たちの間を進み、たどり着いたのは後宮の一角『百花殿』。

その邸の中で、私は今、夫を激しく問い詰めていた。

「後宮があるなど、わたくしは聞いておりません」

最大限の怒気を込めた抗議のはずが、目の前の男は欠片も動じない。返ってきたのは余裕の笑みだった。

「たしかに後宮があるとは申しておりませんが、ないとも申しておりません」

「なっ……！」

あまりの言い草に私は言葉を失った。

いけしゃあしゃあと言い放つ男こそ、翠山国の王太子、皜星狼──私の、夫となった男だ。

陰影をつける鼻梁に、くっきりとした二重瞼の華やかな目もと。うなじで緩く束ねた長い髪は、翠山王族特有の銀色で、上質な絹糸のようだ。

この作り物じみた美貌の男が自分の夫となる──本来なら胸をときめかせて喜ぶところかもしれない。けれど状況はそれどころではなかった。

私、范桃英は、大陸の東に冠たる大黄帝国の公主──しかも現皇帝の双子の妹だ。

身分だけはこの上なく尊い私が、わざわざこの小国の王太子に降嫁したのには訳がある。

翠山国は百年以上前に他国との国交を断ち、今もそれを続けている。

長く鎖国体制を維持できたのは、山奥の孤立した国だから。要するに、侵略価値がないのだ。

その事情が一変したのは数年前。

我が大黄帝国の北方に広がる大草原地帯に『北玄国』が台頭した。彼の国は強力な騎馬軍団を率いて瞬く間に領土を広げ、ついには帝国の国境をおびやかすまでに成長した。

そんな折に、翠山国が近い将来の開国を宣言したのだ。

我が国の北西に位置する翠山は、北玄国とも国境を接している。鎖国を続けるなら存在を無視できるほどの小国でも、国交を開くのであれば話が違う。大黄帝国朝廷は、北玄よりも先んじて翠山国と友好関係を結びたい。強固な軍事同盟の締結で北玄を刺激するつもりはない。翠山にあくまで中立を維持させ、北玄との緩衝国にしたいのだ。

だからこそ現皇帝の妹である私が降嫁することになった。

それなのに。

目の前の美丈夫は完璧すぎてわざとらしい微笑みで私に語りかける。

「たしかに我が父、翠山国王は後宮を持ちません。だから王太子である俺も後宮を構えないと勘違いなされたのですね、お気の毒に」

「なっ……！」

勘違いですって⁉

こちらに非があるかのような言い分に、腹の底から怒りが湧いてくる。

国防上の思惑があるとはいえ、皇妹である私が降嫁するには、翠山はあまりに格下だ。この婚姻は、翠山国が一夫一婦制をとり、国王であっても妻を一人しか娶らないとされていたから成立した。王后の地位が約束されていたのだ。

何より、皇帝陛下――兄の熹李は、王太子の唯一人の妻として大切にされ、幸せになってほしいと願って私の降嫁を決めてくれたのに——。

　感情の昂ぶりを抑え、私は王太子に抗議した。

「誠実な翠山の方とは思えないお言葉に、わたくし些か混乱しております」

「混乱する必要などございませんよ」

　王太子は変わらぬ微笑みで答えた。

「後宮があるとはいえ、それはただ『そこにある』だけのこと。あなたを唯一人の妻として大切にする——俺が皇帝陛下とのお約束を違えることは決してございません。あなたは大国の公主様らしく堂々となさっていればよいのです」

「し、信じられない……」

　あまりのことに目眩がした。

　翠山の女官たちの口ぶりから、すでに幾人かの妃嬪が後宮で暮らしていることは分かっている。それなのに私を「唯一人の妻」だなんて——この男はどこまでこちらを愚弄し、嘘を重ねるのか。

　怒りのあまり拳に力が入る。

　ぼきぼきと骨の鳴る鈍い音がして、ハッと我に返った。

　感情的になってはだめだ。ましてや拳に訴えてはいけない。『普通』の公主はそんなことしないのだから。

頭を使って考えましょう——そもそも、どうしてこの男は後宮を構えることにしたのだろう。「ないとは言ってない」なんて子どもじみた言い分が我が国の朝廷に通用するわけもないのに。

翠山のごとき小国、帝国が本気になれば一捻りで滅ぼしてしまえる。その危険を冒してなお、なぜ後宮を復活させたのか。

——もしかしてこの男は北玄国の姫も得て、私とその娘を天秤にかけようとしている？ あり得るわ。開国に際し交わされる様々な取り決めにおいて、我が国からより有利な条件を引き出すため、敵対する二つの国を競わせようとしているのかも。

王太子の顔を真っ直ぐ見た。

華やかな面立ちに薄く笑みを浮かべ、感情をいっさい窺わせない。

この男、策士だ。さすが齢二十にして病床の国王に代わって朝廷をまとめるだけのことはある。

ふう、と息を吐く。

負けるわけにはいかない。私だって帝国の公主なのだから。

「分かりました、後宮の存在については承知いたしましょう」

「ご理解感謝いたします、公主様」

王太子は両袖を高く重ね上げて腰を折った——洗練された揖礼だ。

ですが、と私はすかさず切り込んだ。

「その代わり、今ここでわたくしへの愛を誓ってくださいませ」

「は……？」

王太子は一瞬目を見開いた。

「愛を誓ってくださいと申し上げたのです」

私は広い房内を見渡す。

王太子の背後には翠山国の女官たちが平伏し、私の周囲には帝国から伴った侍女や衛士たちが控えている。

「ここにいる全ての者が証人でございます。この范桃英こそが殿下の一の妃であると、今ここで誓ってくださいませ」

もしこの後宮に北玄国の姫が入宮していたとしても、あくまで未来の王后はこの范桃英──それを認めさせることができれば、その事実自体が国益にかなうはずだ。

「王后の位をよこせ」と要求するのは露骨すぎる。だから「愛を誓え」と命じることで、遠回しにこちらの妥協点を提示したのだ。

片眉を上げ、王太子が私に興味深そうな視線をよこしてくる。彼は、ふっ、と肩の力を抜くように笑った。

「なるほど、承知いたしました」

迷いのない動きで彼は私の足もとに膝をついた。銀色の長い髪がはらりと舞って、大きな瞳がためらいなく私を見上げる。

「天に誓約申し上げる。翠山国王太子、嵪星狼は、大黄帝国公主、范桃英を唯一の妻とし、生涯愛し守り抜く」

堂々たる宣言に、その場にいた全ての人間が息を呑んだ。

衆目の前で、恥ずかしげもなくそこまで言い切るなんて――「生涯愛し守り抜く」ですって？　心にもないくせに。

私の身丈が低いせいで、長身の王太子が跪くと存外に顔が近い。

彼の瞳は、髪と同じ銀の色。鋼のように硬質の瞳がこちらをじっと覗き込んでくる。

悔しいことに、頬がわずかに紅潮した気がした。

「公主様、どうかお返事を」

余裕の微笑を浮かべ、王太子が私を急かした。

なんてこと。こちらが主導権を握ったはずだったのに、どうしてこの男ばかり余裕なの。

「せ、誓約、しかと受け取りましたわ」

精一杯の強がりでつっけんどんに言い放ち、私はすいと視線を逸らした。

彼はすぐに立ち上がると、今度は私を見下ろして言う。

「納得していただけてよかった。本日は長旅でお疲れでしょうし、お房でごゆるりとお休

みください。明日またご挨拶に参ります――それと、事前のお打ち合わせ通り、正式な入宮の儀は、開国が成って落ち着いたのちに」

顔面ににっこり笑顔を貼りつけて一礼すると、王太子は優雅に身を翻して去っていった。

振り返る素振りもない彼の背を見つめながら、なんて温かみのない男だろう、と唖然となる。

でも、もう故郷に私の居場所はない。この国でこの男の後宮に入るしかないのだ。

私が『普通』でいられる道は、これしか残されていないのだから。

なんでこんなことになったのかしら。

翠山国の宮城、『翠天宮』。その西に位置する後宮内に、私は邸を与えられた。『百花殿』というこの邸は、春になるとその名の通り花に満ちた美しい姿を見せるらしい。だがあいにく今は秋で、なんとなく寂しげな印象だった。

その一房にようやく落ち着き腰を下ろすと、自然とため息がこぼれた。ほとんどの侍女を下がらせてしまったので、つい気が抜けてしまう。

王太子殿下の唯一人の妻として、降嫁したこの国で穏やかに暮らすはずだった。

それなのに、なぜか後宮がある。私は多くの妃の中の一人になるらしい。

加えて、まさか夫となる男があんなに不誠実で嫌味な奴だったなんて。

後宮のことを双子の兄である熹李が知ったらきっと悲しむだろう。幸せになってね、と
ここへ送り出してくれたのに。

私たちの想いを抜きにしても、後宮の存在は大黄帝国と翠山国との契約違反だ。

熹李にこの状況を伝えるべきかしら？

だらしなく卓に頰杖をついて考えて、結局踏みとどまった。

皇帝として慣れない政務に奮闘する熹李に心配をかけたくない。帝国の国益の観点から
すれば、翠山に後宮があろうがなかろうが、私が両国の橋渡しになれればそれでいいのだ。

一人の王が一人の妃だけを愛する。そんなこと、やっぱり御伽噺だ。桃源郷なんて、
物語の中にしかない。

そう、私の役目は何も変わっていない。

——帝国と翠山の関係を良好にするため、王太子妃としての地位を確たるものとし、ゆ
くゆくは王后となって大黄帝国に利をもたらす。

降嫁の目的を再確認すると、心の靄が晴れてすっきりした。

……はずだったのだけど。

「でも、やっぱり腹が立つ……！」

余裕で微笑む憎たらしい顔が思い出される。多少顔がいいからって、どんな女でも自分に従うものだと思わないでほしい。

「もうっ」

怒りに任せ、ごくごく軽く足を踏み鳴らした、はずが……。

バキバキバキっ‼

凄まじい破壊音とともに、私は床を踏み抜いていた。

さーっと血の気が引いていく。

や……やってしまった。

「公主様っ！　何事ですか⁉」

音を聞きつけて侍女たちが駆けつけてきた。穴の開いた床を見て愕然としている。

「こ、これはいったい……？」

「あの、いや、これは」

言い訳をせねばと焦るけど、頭が空回りして何も思い浮かばない。

つい油断してしまった。私の場合こうなってしまうこと、ちゃんと分かっていたのに。

――『化け物公主』。

父である前皇帝陛下には、たくさんの娘がいる。その数多の公主の中で私だけ、尋常ではない怪力を持って産まれたのだ。

腕力だけではなく、体力や走力も常人を遥かに凌駕し、視力や聴力も人より鋭敏だ。

熹李にはこんな異常はない。ただ、彼もほかの人とは違う『特別な力』を有している。

彼は皇帝の座につき、今はその力を統治に生かしている。私の異常な力も、彼の登極の助けにはなったけど――その代償に私は『化け物公主』と罵られ、故郷で迫害されることになった。

母様の言い付けを守らなかったせいだ。母様は私に、この力を隠して『普通』でいなさいと常々諭してくれていたのに。

故郷に居場所を失った私は、熹李に勧められ、私のことを誰も知らない国――この翠山国に嫁いだのだ。

ここではこの力を秘して、『普通』の妃になりたかった。今度こそ母様との約束を守りたかった。

それなのに初日からこんな失敗をするなんて。

頭が真っ白になっている私の前に、すっと人影が進み出た。

「申し訳ございません」

侍女の夏泉だ。腕の中にたくさんの書物を抱えている。

「私が誤って本を落としてしまったのです。勢いよく落としたせいで、床に穴が」

彼女は深々と腰を折った。私は慌てて説明を加える。

「そ、そうなの。でもこの侍女が粗忽というわけではないのよ、わたくしの手が彼女にぶつかってしまって、その拍子に」

翠山の女官たちは一応納得してくれたようだ。お怪我はありませんか、房を交換しましょうか、と労ってくれる。

騙してごめんなさい、と心の中で謝りつつ私は嘘を貫き通した。

「今日は疲れているし移動は結構よ。床を壊したのはわたくし……たちですし、修理の手配は明日にでもお願い」

そう言い切ると、心配そうにしながらも侍女たちは引き下がってくれた。

耳を澄まして気配が去ったのを確認してから、私は半泣きで夏泉に縋りついた。

「夏泉、助けてくれてありがとう」

彼女は素っ気なく肩をすくめる。

「気をつけてください、『力を隠して普通の女の子になる』っておっしゃったのは、桃英様ご自身なんですから」

「分かっているわ……でも、さっきの王太子の言い草を思い出したら、どうしても腹が立ってきちゃって」

「ああ、あれはさすがにむかつきましたね。嘘に嘘を重ねて」

「でしょ！」

共感を得て勢いづいた私を、夏泉がどうどうと落ち着かせようとする。私と同い年の十八歳のはずなのに、彼女は私より数段落ち着いている。

「桃英様、とりあえずお茶でも飲んで気持ちを鎮めましょう」

彼女は故郷から持参した茉莉花茶を出してくれた。清涼な香りがささくれた心をほぐしてくれる。

「美味しい……ありがとう夏泉」

「よかった、翠山の水でもうまく淹れられていますか」

「うん、もちろん。でもそれだけじゃなくて……翠山まであなたが一緒についてきてくれたことが何より嬉しいの」

さっきは私の失敗を誤魔化してくれて、今もこうして心の棘を抜いてくれる。

大黄帝国の女官たちは辺地に来るのを嫌がり、何より私の力を恐れた。そのせいで公主でありながら私には夏泉以外に数名しか侍女がいないし、その数名も及び腰で、私のそばに寄ろうとしない。

「桃英様にお仕えするのは楽ですからね」

はい、と麻袋を一つ渡される。中身は胡桃だ。私は心得て、拳で握って殻を割っていく。中身まで粉砕しないよう力加減に気をつけながら。

「ありがとうございます。こんな便利な主、桃英様のほかにいらっしゃいません――落ち着いたら胡桃の甜味を作りましょう」

「まったく、主に向かって『便利』なんて言うの、あなただけよ」

夏泉は表面的には素っ気ない。迷惑をかけてばかりの私に負い目を与えないようにしてくれている。

彼女の優しさに甘えてばかりはいられない。私ももう十八歳。頼り甲斐のある主にならなくては。

翠山最初の朝は、風が強く空が澄んでいた。

朝餉の時間まで、私は夏泉と共に百花殿の周囲を散策することにした。

人や獣が潜むことができる場所を把握し、いざという時の退路を確認しておく。このくらい警戒しておかないと安心して暮らせない。

怪しまれないようあえて着飾っているので、はたからは深窓の姫君が草木を愛でているように見えるはずだ。

「この欅がここで一番高い木ね」

中庭の隅で天に伸びる欅を見上げた。色づいた葉が風に散らされてはらはらと舞い落ちてくる。

「葉が茂ると樹上が死角になりますね」

「そうね。あっ……！」

不意に吹いた強い風に煽られて、腕にかけていた被帛が飛ばされた。宙を泳ぐように高く上り、欅の枝に引っかかる。

「いやね、こんなもの着けてこなきゃよかった」

被帛は帝国の妃嬪が好んで腕に纏う飾り布だ。煩わしいので普段はあまり使わないのだけど、今日は着飾っていたので例外だった。

「人を呼んでとらせましょう」

夏泉の言葉に私は首を振った。

「いいわよ。あのくらいなら私がとった方がはやいもの」

あたりを見回しても人気はない。宮女たちの手を煩わせる必要はなさそうだ。

私は軽く助走をした。

「えいっ！」

力だけでなく跳躍力も人並み外れている私だ。屋根より高い枝の上にも軽々と飛び乗ってしまえる。そこから枝を伝って、無事に被帛に手が届いた。

すぐに下りようと思ったのだけど、眼下に広がる景色が私を引き留めた。

「まあ、すごい……！」

翠天宮は山肌に造営された宮城で、ここ百花殿も高所に位置する。樹上からは山の麓の都が見渡せた。

朝陽を受けて甍がきらきらと輝いて見える。庭の木々は紅や黄に色づいて美しく、家々の厨房から細く伸びる煮炊きの煙は人の温かみを感じさせた。

かつて一時だけ暮らした街のことを思い出させてくれる、優しい景色だった。

物思いにふけり、しばらく見惚れていたのがよくなかった。

「公主様、そこでいったい何をされているのですか？」

「え？」

欅の根もとに男がいた。怪訝な顔で私を見上げている。

「お、王太子殿下⁉」

腕を組み、首を傾げる王太子の姿に、だらだらと冷や汗が落ちた。彼の背後で夏泉が頭を抱えている。

私がいるのは欅の木の上。しかも屋根より高い枝に立っているのだ。これはどう考えても『普通』の公主の振る舞いではない。

「な、な、なぜ王太子殿下がこちらに……？」

「俺が俺の妃に会いにきて何がおかしいのです？　昨日、また改めて伺うと申し上げましたし」

　その通りだけど、こんな早朝に一人でふらりと現れるとは考えもしなかった。

「で、公主様はそこで何を？　というかどうやってそこに？」

「ええと、あの……ひ、被帛が風に飛ばされて木に引っかかってしまったものですから」

「だからといって公主様自ら木に登らなくても」

　ですよね。

　昨日は顔面に笑顔を貼りつけていた王太子だけど、今はずっと訝しげな顔をしている。

「殿下、申し訳ございません。私が高いところが苦手なばかりに公主様のお手を煩わせてしまいまして」

　夏泉が助け舟を出してくれたけれど、王太子は納得しなかった。渋い顔で私に尋ねる。

「……帝国の公主様というのは木登りを嗜まれるものなのですか？」

　そんなわけないでしょ、と突っ込みたい気持ちを呑み込んで、私はか弱い公主を演じてみせた。

「いいえ、実は木登りなど初めてで……登ってみたはいいものの、下りられなくなってしまいましたの」

　そうでしたか、と彼は一応頷いてくれた。腰に佩いた剣を外して、袖をまくる。

「では助けに参りましょう」

断る間もなく王太子がするすると木を登ってきた。細身の優男だと思っていたのに、露わになった腕はよく鍛えられてたくましい。

「俺にしがみつけますか？」

私がいるところより一段低い枝に立ち、両手を差し出してくる。

そんなことせずとも一人で下りられます、なんて言えるはずもなく……。

「お、お願いいたします」

思い切って王太子に抱きついた。彼は力強く私を抱え、器用に木を下りていく。

彼の首に腕を巻きつけているから、迫力さえ感じる美貌がすぐ間近だ。「大丈夫ですよ」と囁く声が耳に溶けるように心地よい。

この男の容姿は本当に厄介だ。別に彼をなんとも思っていない私の視線まで奪って、胸を騒がせる。

それに、王太子からはごく微かに甘く爽やかな香りがした。伽羅に柑橘を調合したのかしら——独特の佳い香りだった。

樹上から下ろされた私は、王太子を邸に招いた。

ちょうど朝餉の支度が整ったようで、卓上に蒸籠が用意されている。

給仕の侍女が蓋を持ち上げると、温かな湯気と一緒に麦の素朴な香りがふわりと広がった。蒸籠の中身は包子――肉まんだ。故郷で見慣れているものより小ぶりで可愛い。手を伸ばしたくてうずうずするけれど、まずは王太子に譲るべきだろう。そう思って向かい合った彼を見ると、なぜかじっと私を見つめていた――というか観察している。

「何か……?」

「いえ別に。どうぞ遠慮せずお召し上がりください」

微笑みが嘘くさい。

「王太子殿下を差し置いてわたくしがいただくわけにはいきません」

「俺は茶で十分です。すぐに政務に戻らねばなりませんので」

「そういうわけには」

せっかくの出来立ての包子がもったいないけど、冷めてもきっと美味しいだろう。

「そのように硬くならず、徐々に打ち解けていただけるといいのですが」

彼は切なそうに眉尻を下げた。給仕で忙しくしていたはずの侍女たちが、王太子のその仕草に頬を赤らめている。

ちょっと眉を動かすだけで女性を虜にしてしまうことに驚いたし、同時に浮いた台詞に呆れもした。

打ち解けたい、だなんてよく言えたものだ。わざわざ後宮を作り、私をたくさんの妃の一人にしておいて。

「殿下、わたくし以外の妃嬪の皆様はどのような方なのですか？」

嫌味のつもりで話題を移した。もちろん宿敵・北玄国の娘が降嫁しているのか確かめたいという狙いもある。

「気になりますか？　多くの妃がいるわけではないのですよ。公主様のほかに三人の夫人だけ。それぞれ我が国の三大貴族である史家、劉家、温家の娘たちでございます」

「そう……なのですか」

拍子抜けしてしまった。

北玄国の姫は入輿していないということだ。

では、後宮が必要になった理由は何？

ゆったりと茶碗を傾ける男の顔から思惑を読みとろうとしても、微笑を浮かべているだけで何を考えているのか分からない。

実はものすごい好色なのかしら？　女好きで、たくさんの女を侍らせたいとか？

「公主様、打ち解けていただくためにも、俺のことは名で呼んでくださいませんか？　王太子殿下、ではいつまでも他人行儀のままだ」

「そんな、畏れ多いことです」

昨日出会ったばかりの、しかも腹の内の読めない男の名を呼びたくはなかったが、彼は引き下がらなかった。

「王太子、と呼ばれるのに慣れていないのです。肩肘が張ってしまって。俺のためだと思って、ご厚情を賜れませんでしょうか」

そこまで言われると断りづらい。

「では、星狼殿下、と」

「感謝いたします。無礼をお怒りにならないのであれば、俺も御名でお呼びしてもよろしいですか？」

「はい、まあ……ご自由に」

こちらが名で呼ぶことになった以上、これも断りづらい。

「桃英様、ありがとう存じます」

王太子はあの作り物の笑顔を浮かべた。

この男、やはり『やり手』だ。ぐいぐいと話を進められて、気づいたら『名前で呼び合う仲』ということになってしまった。

「星狼殿下はほかの妃の皆様とも親しく名を呼び合ったりなさるのかしら」

主導権を握られたままではいられない。「しょせん妃の一人として私を遇してらっしゃるだけですよね」と釘を刺しておかないと。

「ほかの妃のことなどお気になさらず。それより桃英様ご自身が、ここでどのようにお過ごしになりたいのか教えてくださいませんか」

「わたくし自身、ですか？　それはもちろん星狼殿下をそばでお支えするため、いずれ王后に」

「俺のことや故郷の事情を抜きに、あなたの気持ちをお聞かせください」

「わたくしの、気持ち……」

不意を突かれた。

生きてきた中で誰かに自分の希望を問われたことなどなかった気がする。

でも、希望ならある。もちろんある。

故郷では決して手にできなかった、私の夢。そして、母様との大切な約束。

「──わたくし、『普通』の暮らしがしたいのです」

真実の願いが口からこぼれていた。

「普通、ですか？」

彼は目を見開いた。

「はい」

卓の下でぎゅっと拳を握る。

夫にとっての唯一の妃でなくてもいい。でも『普通』の妃にはなりたい。母様が望んだように、化け物じみた力を隠して『普通』の娘として扱（あつか）われたい。

私の、小さな小さな、けれど大事な夢だ。

「はっ、そうですか」

侮蔑交じりの相槌に、ハッと王太子の顔を見た。彼はすぐに笑顔を貼りつけたけれど、その直前に一瞬浮かべた嫌悪の表情を私は見逃さなかった。

「普通、ですか。大国の公主様の普通を我々が差し出すことができるか……精一杯努力させていただきます」

笑顔の裏に、こちらに対する侮りが滲んでいる。

「差し出すだなんて」

言葉を続けようと思ったけれど、怒りが喉を詰まらせた。

どうしてこの男は私の、そして母様の願いを馬鹿にするのだろう。

そもそもあんたに差し出してほしいだなんて思ってないわ――！

「あっ」

突然、給仕をしていた夏泉が声をあげた。次の瞬間、彼女は捧げ持っていた盆をぶちまけた。

王太子の肩にぴしゃりと水がかかる。

「申し訳ございません！」

夏泉はすぐに平伏した。

「不調法でつまずき、大変な不敬を働きました。ご処分はいかようにも」

面を伏せているから表情は分からないけれど、夏泉の言葉はほとんど棒読みだった。

胸が熱くなる。

夏泉は、私の想いを踏み躙った王太子に、怒りをぶつけてくれたのだ。

私はなんてよい侍女を持ったのだろう。

でも。

さすがに。

これは、やりすぎよー！

「星狼殿下、申し訳ございません！　この侍女は少々粗忽なところがありまして」

私は慌てて頭を下げた。王太子の御身に侍女が水をぶちまけるなんて、帝国だったら首を刎ねられても文句は言えない。

「長旅の疲れもまだ癒えておらず、とんでもない粗相を……今回ばかりはわたくしに免じてお許しいただけませんでしょうか」

大丈夫ですよ、と彼は眉一つ動かさなかった。

「この程度で侍女を罰するような器の小さな男ではございません、ご安心くださいませ」

王太子はにこやかにそう宣った。

本当に侍女の無礼に頓着していないのか、はたまた怒りを押し殺しているのか判然としない。彼の真意がまったくつかめず、私は背に嫌な汗が流れるのを感じた。

「夏泉、さっきのはやりすぎよ」

「申し訳ございません、私もそう思います」

王太子を政務に送り出し、二人きりになってから夏泉と反省会を開いた。

「ですがあの『顔だけ王太子』にあまりにも腹が立ちましたので、冷や水を浴びせてやろうと思いまして」

「文字通り物理的に水をかけなくてもいいのよ」

「おっしゃる通りです」

「そうね、でも」

私は夏泉を抱きしめた。

「あなたのおかげで気持ちが晴れたわ、ありがとう」

言葉に詰まり体が固まってしまうほど、あの時の私は怒りに呑まれていた。

もし夏泉が先に動いていなかったら、私が実力行使にいたっていたかもしれない。そうなれば王太子の骨の二本や三本は粉砕していただろう。

夏泉の肩に顔を埋めた。

「ねえ夏泉、あの男は『普通』がどれほど尊いことか分かってないから、あんなことが言えるのよね……」

洟をすると、彼女は私の背をポンポンと叩いてくれた。

公主のもとを辞したあと、俺は足早に内廷に向かった。

後宮の門を塞ぐように、侍中の温漣伊が腕組みをして待ち構えている。

「おい星狼サマ、王太子殿下ともあろう者が一人でほっつき歩くなよ」

「王太子殿下に対してそのような口のきき方もどうかと思うが」

まぜっ返すと、漣伊はがしっと俺の首に腕を巻きつけた。

「敬ってほしいならそれらしい言動をしろ!」

「別に敬ってなどほしくないから言動は改めん」

鬱陶しい腕を振り払おうと身をよじるが、軍で鍛え上げた腕力が俺を解放しなかった。

「殿下は屁理屈ばかりが巧みになりで。とにかく一人で出歩かないでくれよ。腕が立つのは分かるが、もっと護衛を——俺を頼ってくれてもいいだろう?」

「宮城の中をうろつくだけだ。多忙なお前の手を借りるまでもない」

漣伊は説教をあきらめたのか、呆れたような小さなため息を挟んで話題を変えた。

「今朝はご降嫁された公主様にご機嫌伺いか？　どうだ、うまくやれそうか？」

「うまくやっていくしかないだろう、大黄帝国皇帝陛下から直々に賜った公主様だぞ」

吐き捨てる勢いのまま、今度こそ漣伊を振り解いた。

「疎かにしたら最悪帝国軍が攻め込んでくる。だから丁重に扱いもする。そもそも我が国は日々の暮らしだけでかつかつだ、戦などできるか」

公主降嫁に際し『化粧料』の名目で絹二万匹、銀一万両を得ている。これでも決して過大な額ではないというから、大黄帝国の国力は我が国とは桁が違いすぎる。その半分を米やら麦やらに変えて倉に詰め込んだおかげで、とりあえず数年翠山の民が飢える心配はなくなった。

「そんな公主様をよく妃に迎えたよなぁ。実は後宮があってほかにも妃がいますなんて後付けまでして――婚約破棄されても文句は言えないぞ」

よくも他人事のように言ってくれたものだ。睨みつけると漣伊はハッとして「本当にすまん」と謝罪してきた。大きな犬がしょげているようで気勢をそがれる。

「後宮のことだけは納得していただくしかない。その分、不自由はさせない」

「そうだな……でもよ、せっかくなら公主様と仲良くできるといいよな、夫婦なんだし」

齢十九を迎えた漣伊だが、夫婦というものをやたらに美化するきらいがある。「どんな方なんだ？　可愛かったか？　為人は？」と矢継ぎ早に聞いてきた。

「見た目の美醜は会って自分で判断しろ。正直、俺にはよく分からない。為人……こちらはもっと分からん」

昨日の対面では衆目の前で俺に王后位を誓わせるという、大国の公主らしい駆け引きを仕掛けてきた。後宮があると知るも己の感情を殺し、国益を第一に行動する——さすがと言ったところだろう。

だが、今日はなぜか木登りをしていた。

下りられなくなった、と公主は恥ずかしそうに頰を赤らめていたが、いかなる事情があろうと深窓の姫君が木登りなどするだろうか。しかもかなり高いところまで。どうやって登ったんだ？　意味が分からない。

「望むことは『普通に暮らしたい』だそうだ」

舌打ち交じりのため息が漏れた。漣伊も「げっ」と背を仰け反らせる。

輿入れした時の彼女の姿が俺を憂鬱にさせた。高く結った髪を煌びやかに彩る黄金と宝玉の冠、耳飾り。真紅に染め出した衣はなめらかな光沢を放つ絹衣で、たっぷりとした袖や裾が優雅に揺れていた。

兄の皇帝にこの上なく大切にされ、玉を飾られ錦に包まれて降嫁した公主様の望む『普通の暮らし』はいかばかりのものか。贅沢を贅沢とも思わぬ若い娘の傲慢に、八つ当たりのような怒りを覚える。

後宮の門を抜けて、山肌を縫うように下る回廊を進む。漣伊も黙ってついてきた。

遥か昔に山を開いて造営した宮城・翠天宮からは、麓に広がる都が一望できる。雑然と並ぶ甍が朝陽を浴びて美しい。あの灰茶けた甍の下で、民のそれぞれの一日が始まっているのだ、と思うと気が引き締まった。

この国の『普通』は貧しい。そのぎりぎりの暮らしですら、守っていくことはたやすくない。

「なあ星狼サマ、開国交渉、うまく進めような」

朝陽を浴びる漣伊の顔も粛然としていた。

「ああ、大黄帝国との安定した交易を実現する――いまだ障害は多いが、必ず成し遂げる」

民の命も暮らしも、そして後宮も、何もかもこの手で守ってみせる。

「おう！　そのためにも殿下は公主様と仲良くしておかないとな」

「その話に戻るのか……」

彼女が求めるものが『王太子の寵を受けたい』などであれば楽だった。俺のこの身一つで満足していただけるなら安いものだ。というか無料だ。いくらでも夫婦ごっこをしてやれる。

好意を抱いていただこうと、女に好まれるこの顔面を最大限に活用して迫っているつもりだが、今のところあまりうまくいっていないようだ。さすがに一筋縄ではいかないか。

それに。

蒸籠の中身を覗き込んだ公主の、嬉しそうな笑み。故国の朝餉はもっと豪勢だったろうに。あれが演技だとしたら大したものだ。

考えれば考えるほど、桃英公主に関してはっきりとした人物像を結べなかった。

「まあでも、会ってまだ二日だろ。これから互いに知っていけばいいじゃないか！」

漣伊の天真爛漫とした笑みが憎たらしい。

でも、こいつがいつも隣で大らかに笑っていてくれたからこそ、どんな絶望の中でも立ち上がることができたのは事実なのだった。

第二章　朝焼けの星

翠山国の後宮に入って半月が過ぎた。

「今日も誰も来ないわね」

「はい桃英様、先触れもございません」

毎朝しっかり化粧をほどこし、髪も高く結って、不意の来客にも失礼がないように支度している。

今日は大ぶりの簪を挿して、襦は秋らしく紅色、裙は落ち着いた深緑のものを選んだ。故郷の大黄帝国では上衣の「襦」と下裳の「裙」のように上下分かれた服が一般的だが、ここ翠山国では男女とも「深衣」と呼ばれる大きな一枚布を巻きつけ帯を腰で留める服が好まれている。

未来の王后としていつ誰が訪ねてきてもいいように整えているが、今日もこの百花殿に客人は現れない。

夏泉も緊張感を失って、私と向き合って頬杖をついていた。

「大黄帝国の公主様が入宮したのですから、後宮の妃はこぞって挨拶にくるのが礼儀――だと思うのですが」

「我が国ではそれが慣例よね」

妃嬪には格というものがある。それは夫君の寵愛だけでなく、実家の身分に左右されるものだ。皇帝の妹である私は、身分だけならこの国の貴族の娘より圧倒的に格上ということになる。

「今までこの国には後宮自体がなかったわけで、そのような慣例が存在しないのかもしれませんね」

「でも貴人には挨拶しにくるものじゃない？　それは後宮とは関係ないはずよ――ねえ夏泉、私もう限界。やっぱり簪は外してちょうだい。鬱陶しくて」

夏泉は慎重に簪を引き抜いた。いくつもの玉が贅沢にあしらわれたこの簪は、星狼殿下から贈られたものだ。故郷では見られない変わった意匠で、五色の玉の連なりは髪に挿すより眺めていたくなるほど美しい。

殿下は多忙なようで、半月の間で数えるほどしか顔を合わせていなかった。毎回社交辞令を交わして、贈り物をされて、返礼をして、それで解散。政略結婚により結ばれた、冷めきった夫婦の典型例と化している。

「さすがにこれではまずいわ、ほかの妃に存在感を示さねば」

この范桃英こそが将来の王后ですよと、さりげなく、でも明確に主張せねばならない。

正直、私は少し焦っていた。星狼殿下と顔を合わせた数回は全て朝や昼の短い時間で、『夜のお渡り』がないのだ。

閨事についてはあまり考えたくないけれど、王后になるにはあの男の子どもを産まねばならないのだからしようがない。

自らの意思で後宮を構えるような好色（多分）の王太子なのだから、きっとすぐにお渡りがあると思っていたのに。

「仕方ないわ、こちらから妃の皆様をお呼びしましょう。未来の王后としての威厳を示すために」

決意したものの腰が重い。

私は後宮という制度そのものに忌避感を抱いている。

故郷の後宮には千を超える妃嬪が仕えていた。私の母はその中から選ばれて皇帝陛下の寵愛を受けたのだ。

とても名誉なことだけど、同時に千の妬みと憎悪の的となり、それは私の双子の兄である熹李を産んでからいっそう激しくなった。

後宮なんて、本当に恐ろしくて馬鹿馬鹿しいところだ。

そんなもの、なくてすむならそれがいいはずなのに。

三人の妃それぞれに遣いをやった。帝国から持参した甜味を呼び水に、一緒にお茶を楽しみたいというお誘いだ。

最初に応じたのは劉徳妃だった。翌日参ります、とごく短い信書が届いた。

翠山国の急ごしらえの後宮では、三人の妃に徳妃、賢妃、淑妃の位が与えられたようだ。

大黄帝国ではこれに貴妃が加わって四夫人と呼ばれる。王后に次ぐ上品の妃嬪だ。

劉徳妃は、翠山国の北方を治め、武官を多く輩出する大貴族・劉家の出身で、齢は二十二。私が女官から事前に知り得た情報はそれだけだった。

劉徳妃が女官を従えて現れた時、私は彼女の風貌に驚いて固まった。

「徳妃の劉涼です。公主様、お初にお目もじ仕ります」

麗しい顔立ちだった。切れ長の目は眼光鋭く、眉はきりりと真っ直ぐ伸びている。

襟や袖に猛虎の刺繍をほどこした深衣に、腰帯は無骨な黒革。髪は幞頭の中に押し込まれている。

劉徳妃は男――いや、声の響きはやや低音だけど間違いなく女性のもの。首もともすっきりしている――男装をしている女性、なのだろう。

徳妃の中性的な姿には匂い立つような妖しい魅力があった。星狼殿下も目を瞠るような美丈夫だけれど、劉徳妃は殿下と並んでも決して見劣りしないだろう。

「あの……初めまして劉徳妃。お訪ねくださってありがとう。大黄帝国から参りました、范桃英と申します」

想定外の徳妃の姿に虚を突かれながらも、微笑みとともに名乗った。初対面の相手への挨拶としては無難だったはずなのに、返ってきたのは冷めた視線だった。

「遠方からのお輿入れ、まことにご苦労様でございます」

「お気遣いありがとう。徳妃、ぜひこちらでくつろいでちょうだい」

房に一歩だけ足を踏み入れたまま動こうとしない彼女に席を勧めたが、返答はにべもない。

「いえ、こちらで結構。尊いご身分の公主様にわざわざお招きいただくような者ではございませんので」

あれ、これは……。

「本日はご挨拶だけ。ぜひ、こちらを」

劉徳妃は女官に持たせた包みを受け取ると、ずいと私に差し出した。

「公主様のお口に合うとも思えぬ粗末なものですが、田舎者の精一杯の贈り物ゆえご寛恕賜りたい」

徳妃のこの態度は、慇懃無礼、というやつでは？　丁重な物言いだけど、絶妙に攻撃的だ。

「ありがとうございます。わたくしからも劉徳妃に故郷の甜味を差し上げたいの、ぜひ懇意にしてほしくて」

私の必死の歩み寄りに対し、徳妃はさらに表情を険しくした。眼光の鋭さで人に斬りつけることができそうだ。

「迂遠な物言いは苦手なのではっきりと申し上げる」

徳妃は断固として言い放った。

「あなたが星狼殿下に王后位を誓約させたのは存じ上げている。それを阻むつもりなど毛頭ない——あなたの障害にはならぬと誓おう。だから個人的に顔を合わせるのはこれを最後にさせていただきたい」

一息に言い終えると、徳妃は背後の女官に「さあ、行こう」と声をかけた。引き留める間もなく一方的に拱手をして、徳妃は振り返りもせず去っていった。

長椅子にぐったりもたれた私の肩を、夏泉がもみほぐしてくれている。

「劉徳妃は何をあんなにお怒りだったのかしら」

私は意気消沈していた。一方的に、また唐突に怒りをぶつけられ、「どうして」という気持ちが強かった。ついでに「どうして後宮の妃が男装を？」という疑問も相まって、胸のうちがモヤモヤした。

「実は劉徳妃がお帰りになってから聞いたのですが」

夏泉がいつもの調子で淡々と打ち明けた。

「劉徳妃はかつて王太子殿下の婚約者だったそうです」

「まあ、では私の入輿でそれが反故にされたということ？」

頭を抱えた。そんな私が「わたくしこそが未来の王后よ！」などと宣言したら、憎悪を抱くなという方が無理だ。

劉徳妃と星狼殿下は本来ならお似合いの夫婦だったろう。二人が見つめ合う様子は芸術品のように美しかったに違いない――ん？　その見つめ合う二人はともに男性の格好で？それとも男女の組み合わせ？

自分がした二つの妄想に戸惑っていると、夏泉が察して付け加えた。

「劉徳妃は入宮以前から男装だったそうですよ」

「そ、そうなの？　……というか夏泉、なんでそんなに詳しいのよ。劉徳妃のことを知っていたなら、先に教えてくれてもいいじゃない」

「ですから、私も先ほど翠山の女官に教えていただいたのです」

ただ王の継嗣をもうけた妃を王后と呼ぶのではない。王后は後宮を管理・統括する、いわば全ての妃嬪の上官にあたる存在だ。王后を目指すからには、後宮の妃から（少なくとも建前上の）敬愛を勝ち得なければならない。

なのに徳妃からは「もう個人的にはお会いしたくない」と切り捨てられてしまった——前途多難だ。

しかも。

卓上に置かれた信書を見て、また大きなため息が出た。

それはもう一人の妃である温賢妃から、つい先ほど届けられたものだった。

冒頭に申し分のない挨拶を書き連ねたのち、このようにしたためられている。

——此度は公主様を我が鸞鳥殿にお招き申し上げとうございます。

招いたのに、招き返されてしまった。

本来、足を運ぶのは身分の低い妃の務め。その慣例からすれば、賢妃の信は私への挑戦状とも受け取れた。

鸞鳥殿は桂花の盛りだった。金紅色の可憐な花が、秋の澄んだ空気に甘い香りを含ませている。

信書を受け取った翌日、私は夏泉と数名の女官を伴って温賢妃のもとを訪ねた。

公主だからといって偉そうにしてもしようがない。徳妃の時も形にこだわらず自ら会いにいけばまだましな印象を与えられたかもしれない、と少しだけ反省しながら。

桂花の芳しい香りを吸い込むと、自分の足を動かしてここに来てよかった、と心から思えた。

「公主様、ようこそお越しくださいました。この鸞鳥殿と賢妃の位を賜りました、温小梟でございます」

玲瓏な声で迎えてくれた温賢妃を前に、私は固まってしまった。

なんということ、徳妃の時と同じような失敗だ。対面前にもっと賢妃のことを知っておけばよかった。そうしたらそもそも彼女を呼び立てるなんてことしなかったのに。

「大黄帝国から参りました范桃英です、お招きくださりありがとう。あの……握手をさせていただいてもよろしいかしら」

「まあ……嬉しいです」

彼女がやや心細そうに差し出した手を、私はしっかりと握りしめた。この手の持ち主が、范桃英ですよ、と示すために。

温賢妃は両目を黒布で覆っている。

鸞鳥殿の主は盲目の妃だったのだ。


挨拶をすませ卓を挟んで向き合うと、まず賢妃は私に頭を下げた。

「せっかくお招きいただいたのに伺うことができず、本当に申し訳なく思っております」

「いいえ、謝らねばならないのはわたくしの方です。温賢妃のご事情を知らずに一方的に呼び立ててしまい……」

賢妃は控えめに笑った。

「公主様が私の目のことをご存じないのは当然のこと。それにお招きいただくのはむしろ大歓迎なのです。私、散策が大好きなものですから」

おそらく彼女は私より十近く年長だろう。穏やかな気品があると同時に、どこか親しげな雰囲気をお持ちの方だった。

「公主様同様、私も最近入宮いたしまして。それゆえ私も、実家から伴ったこの侍女も、後宮の様子がまだ頭に入っていないのです。それで公主様をこちらにお招きさせていただきました」

「そうだったのですね」

先ほどから賢妃の身の回りの世話を一手に引き受けている侍女が、ゆっくりと揖礼をした。礼をする前から腰がやや曲がっている。かなり高齢のようだ。もっと若い女官も忙しそうに働いているが、彼女たちは賢妃の介添えに慣れていないようで、いちいち高齢の侍女に指示を求めていた。

大黄帝国の後宮では、妃は宦官が担ぐ輿で運ばれる。宦官とは去勢された男性官吏のことだが、ここに入宮してからは一度も見ていない。男子禁制の後宮において重要な働き手だが、つい最近まで後宮のなかったこの国には宦官はいないのだろう。

だから私も女官に案内されながら、文字通り自分の足で鸞鳥殿までやってきた。

「ところで、あの、温賢妃」

入房してからずっと気になっていたことをついに切り出した。

「いったいこのお房の様子はどうされたのですか？」

私と賢妃が向き合っているのは、鸞鳥殿の正房の客間だ。

その房がいくつもの大きな櫃で埋め尽くされている。しかもことごとく蓋が開いて、中から書物があふれ出ていた。ついでに私の目の前の卓上にまで本が山と積まれている。私は本の塔の間にできた隙間から、賢妃と顔を合わせていた。

「この大量の書物はいったい？」

「こ、これは……」

言い淀む温賢妃に老齢の侍女が笑顔のままぼやく。

「ほらお嬢様、いつでも部屋を整えておかねばならぬと申し上げましたよね」

深い皺が侍女の笑みに凄みを加えていた。

「申し訳ございません公主様！　私、本が好きで……！　入宮の際に殿下がたくさんの本を贈ってくださり、しまい込む前に全部読んでしまおうと思っていたらこんなことに！」

卓上には『黄書─翠山伝』『大黄南海伝』『五行説』など、故郷ではよく知られている書物が見え隠れしている。歴史書、旅行記、思想書と多岐にわたるようだ。昔母様に読み聞かせていただいた説話集まである。

「ええと、不躾な質問で恐縮ですが……温賢妃は書をお読みになられるのですか？」

目の見えない彼女がどうやって本を読むのだろう。率直な疑問を口にすると、彼女は「不躾ではございません」と口許を緩めた。

「他人の事情なんて、もちろん分からないことだらけでございましょう。私は聞いていただいた方が嬉しいのです」

書は侍女たちが読み聞かせてくれるらしい。老齢の侍女が誇らしげに賢妃の特技を教えてくれた。

「お嬢様は一度聞いた書の内容は全て暗記されているのです」

「す、全てですか？」

温賢妃は頷いた。

「ええ。私、記憶力だけが取り柄ですの。たとえば『黄書―翠山伝』には大昔の我が国の姿がこのように描かれていますわ――それ山中に翠人有り。歳時を以て来たり献見すと云う――鎖国する以前のかなり古い時代にも当国が大黄帝国と交流を持っていたことが窺えますわね。それから『五行説』の中にも……」

延々と話し続ける賢妃を前に、私は唖然とした。本当に何もかも記憶している。

「お嬢様はあたくしの誇りでございます」

「もう、ばあやはいつも大げさね」

「度が過ぎて奇人の域に達しておられますが。片付かない櫃の角によく足をぶつけていらっしゃいますし」

「うふふ」

温賢妃が誤魔化すように笑うのを本の合間から眺めた。

たしかに変わった方だけど、終始頰を緩めて幸せそうにされているので、こちらまで明るい気持ちになる。

私はいっぺんに賢妃のことを好きになってしまった。

鸞鳥殿からの道のりを、温かな気持ちで帰った。

山肌に建物が点在し、それぞれが長い回廊で結ばれるこの翠天宮は高低差があり、盲目の彼女には歩きづらいだろう。今度お招きする時はなるべく歩きやすい道をご案内しよう。できたら花の香りが楽しめる道がいい。

「桃英様、うきうきしてらっしゃいますね」

「え、そう？」

夏泉の指摘に頰を押さえる。

「当初の目的である『我こそ未来の王后である宣言』はできませんでしたけど、それはよかったのですか？」

「あ！」

そうだった、優位性を主張するために私は賢妃と会うことにしたのだった。会話が弾んだせいで完全に失念していた。

「うーん……でもいいわ。この後宮に楽しくお話しできる方がいると知って嬉しいから。みなが劉徳妃のように私を嫌っているのではないと分かっただけで、今日は満足よ」

「それならばよろしゅうございました。ん？　誰かいますね」

一歩先を歩いていた夏泉が目を凝らす。この湾曲した長い階段を下ればもうすぐ百花殿で、彼女の視線はその門前へと向かっている。

夏泉より私の方が断然視力がいい。だから、木立の合間から、百花殿の門前で大勢の女官に傅かれた華奢な妃の姿がはっきりと目に入った。

「ご不在の折に、しかも突然お伺いして申し訳ございません。淑妃の位を賜りました、史家の紫薇と申します」

史淑妃の拱手は、この上なく優雅だった。

白磁の顔に、雪のように儚げな指先。愛くるしい大きな瞳は長い睫毛に縁取られ、小ぶりな鼻も口も気品に満ちていた。

装いも隙がない。簪、首飾り、腕飾りは煌めく銀細工。広袖に裾の長い薄紅の深衣は彼女を優美に引き立てている。

完璧な美少女だ。画家にその姿を描き留めさせて、後世にまで伝え継ぎたいほどの。

「大黄帝国から参りました、范桃英と申します。お会いできて光栄ですわ」

礼を返す私の背を、冷や汗が下っていく。

劉徳妃も美しかった。けれど彼女は男装の麗人で、所作も武人のごとく雄々しかった。

温賢妃も上品な方だけれど、慕わしい雰囲気をお持ちの方だった。

一方で史淑妃は、妃の鑑——圧倒的に『本物』の風格を備えている。

正房に招きお茶や甜味をお出しし、淑妃からも手土産をいただいて——その間も淑妃の所作の全てが芸術品のように美しい。

指先の上げ下げの奥ゆかしさ、目線のさりげない動き、引き裾の捌き方。どれをとっても一級品で、しかもあくまで自然だ。

帝国公主でありながら後宮を追われて市井で暮らす時期が長かった私とは違う。淑妃の風格は、一朝一夕に身につけたものではない。物心ついた頃から貴族の娘として厳しく育てられ、血と涙が滲む努力を重ね、完全に己のものとして習得したのだろう。

「公主様、ご挨拶に出向くのが遅くなりまして申し訳ございません。遠方よりお越しゆえお疲れではないかと心配で……思い悩むうちに時期を逃しておりましたの」

声も鈴の音のようで可憐だ。

「過分なご配慮ありがとう存じます。史淑妃、お気になさらずいつでも気軽にお越しくださってよいのですよ」

美少女の繊細可憐な迫力に負けてばかりもいられない。たとえ付け焼き刃の妃といえど、私は帝国公主。後宮政治で負けるわけにはいかない。

口調にあえて親しさを滲ませた真意は「馴れ馴れしく話しかけることができるほど、私の方が位が上なのですよ」。「いつでも気軽に来てね」は、「未来の王后たる私にこれからはちゃんと挨拶に来なさい」の意だ。

ところが、史淑妃は屈託なく笑った。

「公主様はお優しくていらっしゃいますのね。わたくし安心いたしました」

小さな花が綻ぶようなその微笑みは、どんな殿方でも一撃で魅了するに違いなく、私の矜持にも直撃した。

彼女は私に対抗してこなかった。そんなことをせずとも己が後宮で確たる位置を占めることができると疑いもしていない。

翠山の気候や帝国宮廷の衣裳の流行など、当たり障りない話題でいくらか言葉を交わし、会話が途切れる前に淑妃が暇を告げた。そのあたりの見極めもさすがだ。

門前まで彼女を送る。またお招きくださいませ、と手を伸べられて、私は可憐な手の平を握った。

その時、ふわりと風が渡った。

史淑妃の衣に薫きしめられた香が浮き立つ。

甘さと爽やかさが結ばれた独特な調合の香りが鼻をくすぐった。どこかで嗅いだような気がする——いったいなんの香りだったろう。

「はあ、緊張した」

　その晩、ぐったりと長椅子にもたれながら、私は夏泉に弱音を吐いていた。

「史淑妃……立派すぎるわ。あんな完璧な妃、大黄帝国にもほとんどいないわよ」

「お疲れですね。どうぞ、こちらをお召し上がりください」

　夏泉が淹れてくれたのは八宝茶だ。滋養効果のある棗や枸杞の実、菊の花などが茶器を彩っている。口をつけると蜂蜜の甘さが優しい。今の私にぴったりのお茶だ。

「ありがとう夏泉……また未来の王后としての存在感を出せずに終わっちゃったわね」

　うだうだと続ける私に、夏泉がお茶のおかわりを注いでくれる。

「そんなこと、本来桃英様がお気にされることではありません」

　夏泉の声に静かな怒気を感じて、私はその顔を見た。普段は表情をあまり変えない彼女の眉間が、ぎゅっと寄っている。

「本来ならば桃英様はこの国の王太子の唯一の妻になるはずだったのです。帝国公主であらせられる桃英様が、こんな小国の後宮で思い悩んで暮らす必要などございません」

「夏泉……」

「私は皇帝陛下に妹御である桃英様を託されました。誰よりも幸せになってほしいという陛下の格別の願いあってのことです。それなのに、桃英様が余計な物思いに悩まされて……正直、私は悔しく思います」

　真剣に怒ってくれる夏泉に胸が熱くなった。だからこそ私はなんでもないことのように軽く答えた。

「いいのよ。私は帝国公主として、国益のために嫁いできたのだもの。政略結婚なんてこんなものよ」

「ですが、陛下は悲しまれるはずです」

大丈夫、と私は笑った。

「熹李の心配が吹き飛ぶくらい、私と夏泉が毎日楽しく暮らせればいいんだから」

「桃英様……」

枸杞の実を匙ですくって食べる。甘さは抜けていたが、お茶を含んだ瑞々しさが心地よかった。

弱音ばかり吐いてもしようがない、と私は気持ちを新たにした。それで現状が変わるわけでもないし、こうやって夏泉に心配をかけてしまう。

「そうよ、ほかの妃の皆様との対面も終えたし、そろそろ趣味を再開しましょう！」

「厨房を使わせてほしい？」

星狼殿下は目を丸くした。

「はい、厨房の皆さんにお尋ねしたら、星狼殿下の承諾を得てほしいとのことだったので、こうしてお願いしております」

季節が進み、今年最初の霜が降りた朝だった。

久々にお会いした星狼殿下は少しお疲れのようで、目の下にくまを作っている。開国に向けて政務が立て込んでいるのだろう。

星狼殿下は驚きを引っ込め、笑みを繕った。

「我が国の食事はお口に合いませんか？」

「え？」

「桃英様の故郷のように常に豪勢な食事を供することは難しいですが、可能な限り努力はさせていただきたい。お食事の好みを教えてくだされば」

形ばかり整った笑みに、ちくりとした苛立ちを覚えた。

私の手の中には狐の毛皮が収まっている。先ほど殿下にいただいた袍だ。これほど美しい純白の毛皮ならば、かなり高価なものだろう。これから翠山はどんどん寒くなるというから毛皮の贈り物はありがたい。

でも。

この男は私に「贅沢さえさせておけばいい」と思っている。

後宮を作ってそこに私を押し込む不義理や、それによって傷つく私の周りの者の心など微塵も考えず、ただ高価なものさえ与えておけば満足するだろうと蔑んでいるのだ。

人の気持ちの分からない、冷たい男。

こんな男の寵愛などいらない、形ばかりの夫婦でいい。すでに固まっていた決意がさらに強固なものになった。

「翠山のお料理は大好きですわ」

にっこりと笑う。笑顔は偽物だけど、言葉は本心だ。

たしかに帝国の宮廷料理に比べれば翠山の食事は素朴で、皿数も少ない。でも帝国の宮城にいた頃は全部食べ切れずに残していたから心苦しかった。

何より、翠山では今のところ毒を盛られていない。命の心配をせずに美味しいものを食べられるなんて、これ以上の幸福があるだろうか。

「ただ故郷の味が恋しくて。厨房の皆さんには迷惑をおかけしないようにしますので、使用をご許可ください」

「そうですか……もちろん構いません。この百花殿は桃英様のものですから、ご自由になさってください」

「ありがとうございます」

面を伏せて王太子の視線から逃れたのをいいことに、つい素の顔でにやけてしまう。さあ、まずは何を作ろうかしら。

かつて後宮を追われて街に潜んで暮らした際、ぼろぼろになった私を雇ってくれたのは甜味専門店の老板娘さんだった。そこで私は怪力と抜群の嗅覚を活かして（もちろん常人に擬態できる程度に力を抑えつつ）、甜味作りを学んだのだ。老板娘さんは親切で、毎日店じまいをする時にいくつかお土産を持たせてくれた。家で隠れ待つ熹李に持ち帰ると、すごく喜んでくれたっけ。

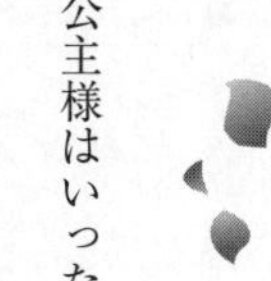

「あのぉ、公主様はいったい何をなさってらっしゃるのですか？」

「え？」

袖をたくし上げ、大鍋の中身を木篦でかき混ぜていた時、背後から呼びかけられた。それが知らない男の声だったので、私はギョッとした。かがんで竈に薪をくべていた夏泉も慌てて尻をつく。

大きな体躯の――長身の星狼殿下よりさらに上背があって、肩幅も広い――若い男だった。眉が濃く、頬に無駄な肉がない男らしい顔立ちで、帯刀しているところから武官であろうと推測された。

「豆を煮てます」

「豆を」

後宮は男子禁制の場。国王や王太子以外の男が足を踏み入れるなど許されぬはず。だけどこの男がまるで気負わずふらりと現れたため、私の頭は混乱して、素直に問われたことに答えてしまった。なぜか男もそれを復唱した。

立派な体軀に反し、どうも人懐こい印象を受ける人だ。

「貴殿は？」

いつもの調子を取り戻し、夏泉が男の前に立ちはだかって身分をあらためた。

「あ、すいません、ご挨拶が遅れました。俺は温漣伊、星狼サマの侍中兼護衛を仰せつかっております」

無骨な揖礼を見届けることなく、ずいと夏泉が男に詰め寄る。

「ここは後宮。王太子殿下以外の殿方が足を踏み入れてよい場所ではございません。早々にご退去くださいませ！」

怒りを露わにする夏泉に対し、温と名乗った男はのんびり頰をかいた。

「お許しなくお伺いして申し訳ない。でも、此度ご降嫁された公主様がどのような方か気になったもので、来ちゃいました」

「はぁ⁉」

夏泉は青筋を立てたが、茶目っ気たっぷりに言われたせいで、私はどうも怒る気が起きなかった。それに、なんとなく察しがついていたというのもある。

「夏泉、この後宮の規律は故郷と異なるのではないかしら」

「そうなんです、特に男子禁制というわけではないんです。というか、そもそも規律みたいなものが定まってなくて。なんせ間に合わせで作った後宮なもので」

「ほら、わたくしが入宮した時も衛士が付き添っていたし、荷運びも下男がやってくれたでしょう」

「たしかに……あ、鍋！」

夏泉は慌てて竈に戻った。鍋の中身が焦げたら大変だ、そちらは彼女に任せておこう。

この後宮には宦官がいない。男手が必要になったら殿方も後宮での役目を求められるのだろう。

だけど、今はその時ではない。この男には厳重に抗議しておきたい。

「とはいえ、お約束のない方のご訪問はご免こうむります！」

腕を組んでなけなしの威厳を示した。

私の全身からは汗が噴き出している。秋といえど厨房は暑いのだ。どうせ全身汗びっしょりになるだろうからと、髪は適当に括っただけで、化粧もしていない。そんな時にやってこないでほしい。

「いや、本当にすいません……まさか公主様自ら竈の前に立っているとは思わず……」

へこへこと謝ったあと、彼は不意に天真爛漫な笑みを見せた。

「にしても、想像していた方とは違うなぁ。公主様がこんなに生き生きして可愛らしいとは思いませんでした。あっ、こんな言い方も不遜でしたかね、すいません」

私は唖然とした。こうも無邪気に「可愛らしい」などと言い放ってみせるとは。

「あら……温と言えば、もしやあなたは温賢妃のご親類でいらっしゃるの？」

「あ、もう小梟姉様にお会いになりましたか？　元気でやってますか？　抜群に賢いのに抜けたところがある方でしょう？　俺、心配で。姉様は目も見えませんし、実家でも色々あって――あ、俺は姉様の従弟なんです。父同士が兄弟で」

一気に話し終えてニコニコと笑っている。大らかで親しみやすいところが温賢妃とそっくりだ。

「温賢妃は不足なく暮らしていらっしゃると思うわ。一度お会いしただけですけど、本に埋もれて楽しそうでしたから」

「そっか、よかったぁ」

彼はくしゃりと笑う。心から彼女の幸福を願っているのが見てとれた。

だけど、少しでも絆されてはいけない。形ばかりとはいえ私は王太子殿下の妃なのだから。

「あなたに危険を感じているわけではないけれど、殿方が我が邸を自由に出入りするのは困ります。後宮の形が整い、宦官に仕えてもらえたらありがたいのですが……」

「うーん、でも星狼サマは後宮を持っても宦官を使いたくはない、とおっしゃっていましたよ——気の毒だから、って」

不意を突かれて、私はゆっくり瞬いた。

「気の毒……」

「体の一部を切除される痛みや屈辱は、はかりかねるほどでしょう？　その後の生活でも何かと苦しみが続くと聞いていますし……たとえ罪人にであってもわざわざそんな苦しみを味わわせたくはない、と星狼サマはお考えのようです」

故郷では宦官たちはあまりにも当たり前に近くにいた。輿を担ぎ、警護を担当し、内廷との取り次ぎを行う。有力妃に侍って皇帝に近づき、高官をも凌ぐ権勢を手にした者も多くいた。

彼らの存在に疑問を抱いたことはなかった。けれど考えてみれば、彼らは己の体の一部と引き換えにして後宮に仕えていたのだ。

そんな存在や制度を作らずにすむのならそれに越したことはない、と殿下は考えている。

取り繕った笑顔ばかり浮かべる彼がそんな風に考えているなんて……正直、意外だった。

「星狼殿下は……わたくしなどが思いいたらぬようなご深慮をされているのですね」

無礼な振る舞いが印象に残っているし、詐欺師で好色な男だとばかり思っていたけれど、彼は私が知らない別の顔もお持ちなのかもしれない。

「星狼サマはお優しい方ですよ。それに有能だ。今は開国直前ということで、山積みの公務に追われてさすがにいっぱいいっぱいですけどね。一日中机に張りついていて気の毒になります。どちらかというと頭より体を動かして物事にぶつかっていく奴だったのにな ぁ」

「殿下とずいぶん気安い仲でいらっしゃるのね」

「かつては軍の同じ部隊に所属していたので。じゃあ、俺はそろそろ失礼します。小梟姉様にお会いしたら、よろしく伝えてください」

「あら、出入りを禁止されていないのですから、ご本人にお会いしていけばいいのに」

首を横に振って、彼はこの日一番の笑顔を見せた。

「姉様が不自由なく過ごしていらっしゃると分かれば、俺はそれで満足なんです」

温賢妃は匙を握ったまま感嘆の声をあげた。

「お、美味しい……！」

率直な一言のあと、彼女はすぐに次の一匙へと進む。碗の中のものが減っていくはやさに、私はほっと胸を撫で下ろした。

「公主様、とても美味しいですわ！　私、今までこんなに濃厚な甘いものを食べたことがございません」

今日は初めて賢妃を百花殿にお招きしていた。お貸しする本をいくつか見繕い、少し疲れてきたあたりでお茶の時間にしたところだ。

彼女にお出ししたのは『蓮子紅豆沙』――小豆と蓮の実を、溶けるほどじっくり煮込んだ甜味だ。目の見えない温賢妃に、味や食感だけでなく香りも楽しんでいただきたくて、陳皮――乾燥した蜜柑の皮も加えた。

「すごいわ、小豆とはこんなに甘くなるものなのですね」

「はい。白糖と一緒に長時間煮込んでおりますので」

甘いものに目がない私は、一般的な紅豆沙よりもたくさん白糖を入れて自分好みに仕上げている。賢妃にも喜んでもらえてよかった。

今日こそは温賢妃に『未来の王后』としての威厳を知らしめねば、と意気込んでいたけれど、彼女といるとそんなことくだらないと感じてしまう。甘いものを挟んで友として語り合う方が断然楽しい。

ふと、先日突然後宮に現れた温家の殿方のことを思い出した。

「そういえば、先日賢妃の従弟にお会いしました。温漣伊殿とおっしゃる方です」

「まあ、漣伊殿に……」

賢妃はふっと頬を緩めた。先ほどまでは少女のように無邪気だったのに、今は心から相手を慈しむ姉の顔をしている。

「彼はお元気にされていましたか？」

「はい。同じようにあちらの方も賢妃を気にかけていましたよ」

「そうですか……嬉しいわ」

心から喜ぶ彼女を前にして、私はやはり彼女と王后の座を巡って競いたくはないと再確認した。醜い政争はごめんだ。

そうだ、ここは故郷の後宮とは違う。宦官はおらず、男子禁制でもない。

王后となるべく嫁いできたけれど、星狼殿下は私を政略結婚の相手としか見ていない。

そもそも私自身も殿下の寵を得たいとも思わない。

——だったら、ここをまるきり新しい後宮にしてしまうのはどうだろう？

「温賢妃、あの、お尋ねしたいのですけれど」

「なんでしょう？　答えられることならなんでもお話しますわ」

「史淑妃と劉徳妃は甘いものがお好きでしょうか？」

はた、と彼女は動きを止めてしまった。そして申し訳なさそうに頭を下げる。

「ごめんなさい、後宮の方々とはほとんど親交がなくて……お二人のことはあまり知らないのです。こうしてお茶を楽しむようなお相手は、公主様だけですの」

「そうですか……故郷では祭儀や祝い事の折に妃同士が集まって宴を楽しむ場が設けられるのですが、そういったこともないのでしょうか」

「私の知る範囲ではそのような機会はございません。入宮したばかりなので、詳しくは分からないのですが」

なるほど、やはり出来立ての後宮だから、諸々のことが整っていないのだ。

「では……賢妃、わたくしを手伝ってくださいませんか」

数日後の早朝、厨房の外で薪割りに精を出していたら、何やら中が騒がしい。何事かしらと振り返ると、そこに星狼殿下がいた。彼の背後で宮女が平伏している。

「おはようございます、桃英様」

彼はなんとも複雑な表情で私を見ていた。ただ驚いているだけにも見えるし、引いているようにも見えるし、眩しいものを仰ぎ見るような表情にも思えた。

「……この国の方は、どうして予告なく会いにいらっしゃいますの？」

下女のような襤褸を纏い汗だくで斧を握っている私の姿は、みっともないを通り越して哀れ、もしくは野蛮だろう。

でもよかった、手を止めたところで現れてくれて。先ほどまで怪力を駆使しすぱすぱ薪を割っていたのだ。危うく化け物だと気づかれてしまうところだった。

「以前も申し上げましたが、俺が俺の妃に会いにくるのですから、許可は必要ないでしょう？　それに、漣伊が『不意打ちした方が面白いぞ』と助言してくれましたので」

言い終える頃には、殿下の顔にはいつもの笑顔が貼りついている。私はため息をついた。

「温侍中はひどい方ですね。女のはしたない姿を言いふらすなんて」

私の小言には反応せず、殿下は近くの丸太に腰掛けた。

ここは殿舎の壁以外の三方を森に囲まれた作業場だ。夏泉やほかの宮女に厨房内の仕事を任せていたので、今は私だけだった。

宮女たちは「薪割りなど、公主様にさせられません！」と震えていたが、適材適所で分業した方が断然作業がはやい。「残念だわ、わたくしに好きにさせてくれたら、できた甜味を分けてあげるのに……」とため息をつくと、彼女たちは喜んで私に斧を託してくれた。

『美味しい』は力なり。人を動かすには、地位を振りかざすよりも胃袋をつかんだ方がはやい時もある。

「それで、公主様は何をなさってらっしゃるのですか？」

膝に両肘をのせ、殿下は頬杖をついている。かってないほど気の抜けた姿だ。

まあ、相手が汗まみれの襤褸姿なのだから格好つける気も起きないのだろう――ただ、気が抜けた姿までも絵になってしまうほど麗しい見た目なのが憎らしい。

「甜味を作っております。酥を大量に用意しようと思い立ちまして、薪がたくさん必要になったのです」

「甜味ですか」

返した答えは望んだものではなかったらしく、彼は頬杖をついたままだ。

「桃英様、あなたはここで『普通に暮らす』のが望みだとおっしゃっていましたが……あなたは『普通』ではないことばかりしていらっしゃるようだ。あなた自身が汗水垂らして薪を割る必要などないでしょう？　というか公主様の細腕で斧を振るえるのですか？」

木登りした時にも殿下に似たようなことを訊ねられ、か弱いふりをして誤魔化した。でもあの時とは違って、もはやこの男の前で可憐な公主のふりをするつもりはない。

私は斧を杖代わりについて、彼と向き合った。

「殿下は『普通』の尊さを分かっていらっしゃいません」

彼は背を伸ばして私を見つめた。

「普通の尊さ、とは？」

「『普通』の暮らし――安穏とした、不安のない暮らしを維持することがどれほど難しいか、殿下こそご存じないのでは。『普通』を守るためなら、わたくしはいくらでも汗を流します」

見つめ合ったまま、殿下は黙り込んでしまった。しばらくして、彼は慎重に口を開く。

「桃英様は、願うものが誰かから与えられる、とは思っていないのですね」

「……？　当然です、だってそういうものでしょう？　美味しい甜味だって誰かが作らねば食べられない。待っていれば願いが叶うなんてことありません」

「大黄帝国の公主様ともなれば、幼い頃から欲しいものを飽きるほど与えられたのでは？」

「そういう時期も、あったようです」

まだ母様が皇帝陛下の寵愛を得ていた頃は、美しい衣もめずらしい食べ物もいくらだって下されていたらしい。けれど、私の記憶にあるのはみすぼらしい暮らしだけだ。煌びやかな妃に囲まれていただけに、惨めな思いはひとしおだった。

後宮から逃れ街に逃げ込んだのち、運良く甜味のお店に拾われたことで、私は働いて対価を得るという喜びを知った。

自分で汗を流してこねた団子がどれほど美味しいか、自分で稼いだお金で買った粽がどれほどお腹と心を満たしてくれたか。

「与えられただけのものなど、まやかしにすぎません。自分の手でつかんだものこそ、本物だと思うのです」

「……」

朝陽が木立を縫って射し込み、逆光が星狼殿下の表情を隠した。彼は黙ったまま何も言わないので、私は一方的に言葉を継いだ。

「でも、殿下からいただいた毛皮の袍はありがたく使っております。上等な品だけあって抜群に温かいのですもの。一生重宝いたしますわ」

ふっと彼は力を抜いたように笑った。

「袍はまやかしではございませんでしたか？」

「はい、幸運にも」

彼は立ち上がり、斧の柄を握る私の手に、自分の手を重ねた。

「座ってただ眺めているのは性に合わない。俺も汗を流しましょう」

ぎこちない笑顔と言葉だった。見上げる星狼殿下の銀の瞳が、朝陽を受けてさざめくように輝いている。彼の名に冠された星のように。

その煌めきがすっと私の胸に沁み入って、とくとくと小さな音を鳴らし始めた。

「あの……いえ、もう薪割りは十分なので……！」

不意のことに驚いて、私は彼から離れた。どうにも顔が熱い。その態度が不自然にならないように、とっさに斧を壁に立てかける。

「それより星狼殿下、ほかにお手伝いいただきたいことがあるのです。ねえ、夏泉ー！」

いまだに体の中を巡っている謎の音に戸惑って、私は必要以上に大きな声をあげて夏泉を呼んだ。

「殿下に昨日焼いた桃酥をお出ししてくれる？」

承知しました、と夏泉がすぐに数枚の桃酥をお茶と共に用意してくれた。宮女たちが気を利かせて卓と椅子を運んでくる。

桃酥は小麦粉をこねて薄く伸ばして焼いた酥だ。素朴な甜味だけれど、そのぶん多彩な味付けが可能で、作る者の好みを映しやすい。

「試食ですか？」

「はい。翠山の方のお口に合うか、知りたくて」

彼は卓に並んだ桃酥を見つめている。

「桃英様はそもそもなんのために甜味を大量に作っていらっしゃるのですか？『普通の暮らし』にどのような関係が？」

それは星狼殿下にも関係してくることだ。準備が整ってから説明しようと考えていたが、今話してしまえるなら都合がいい。

「笑わないで聞いていただけますか？わたくし、この後宮の妃の皆様と、友人になりたいのです」

「……友人？」

「わたくしの故郷の後宮は……はっきりと申し上げて恐ろしい場所でございました。皇帝陛下の寵愛を奪い合い、男児が生まれれば我が子のために王太子の位を奪い合い――それは文字通りの殺し合いでございます」

　はい、と殿下はやけに折目正しい相槌を打った。

「この国の後宮をそんな場所にしたくないのです。命の取り合いの場ではなく、『普通』の生活ができる場にしたい。そのために、妃の皆様と真心からの親愛の情で結ばれたい」

「……なるほど」

「美味しい甜味には、凍りついた人の心をも溶かす力がございます。また人と人とを結ぶ力も。そう信じておりますので、四人の妃で甜味を囲み談笑する機会をもうけようと計画しているのです」

　桃酥を一枚半分に割った。片方を自分の皿に、もう一方を殿下に差し出す。毒見がいないと不安だろうと思い、先に私がかじってみせた。すぐにさくりと解けて甘い。

「というわけで、真に美味しい甜味を作る必要がございます。味見をして忌憚ないご意見をお願いいたします」

　生真面目な顔で聞いていた彼が、不意に俯いた。

「で、殿下？」

気分を害したのかと慌てて顔を覗き込んだら、彼はくっくっと笑いを堪えていた。

これは私が笑われている？

「ひどい、笑わないでくださいと申し上げたのに」

「申し訳ない……決して馬鹿にしているわけではないのです。いや、ダメだ、ははは」

堪えるのもやめて彼は天を仰ぐようにして笑い始めた。

「桃英様は俺の予想の斜め上——しかも上の上の方を突いてくるなぁ」

彼は指で涙を拭った。

何も涙が出るほど笑わなくてもいいじゃない。こっちは本気なのに。

でも。

——星狼殿下は、このようにお腹の底から笑うことができる方なんだ。

そのことに思いいたると、また胸がとくとくと奇妙な音を奏で始めた。

私や熹李を騙した詐欺師であることは間違いないけれど、きっとそれだけが彼の全てではない。

星狼殿下は宝玉でも扱うような恭しい手つきで半分に割れた桃酥を取り上げた。まずは小さな一口、次に大きな一口。しっかりと噛みしめ味わっている。

「美味しい」

その率直な一言を挟んで、また一口。あっという間に全て食べ切った。

「甘い。しかも噛むほどにさらに甘くなるのですね」

「ほかもぜひ。こちらは花椒入りなので、少し舌がピリピリするかもしれませんが、それを楽しんでくださると。あと、こちらは」

勧められるままに彼は全部口にしてくれた。

最後の一枚を手にする頃には、殿下の表情はすっかりくつろいでいた。

「美味しいものが人の心を溶かすというのは、真実かもしれませんね」

彼は手の中の最後の一枚をじっと見つめる。その眼差しに、思いも寄らぬ熱がこもっていて、しかもそれがあまりに切なそうに見えて、私はぎゅっと胸をつかまれた。

彼はこぼすように呟いた。

「これほど美味しいものを、誰もが腹一杯食べられる国にしたいな」

第三章　言葉の贈り物

卓上に並べられた鮮やかな甜味の数々に、史淑妃は相合を崩した。

「まあ、なんとあでやかなこと」

後宮の一角、泉のほとりにある四阿を借りて星狼殿下と妃たちを招いた。

侍中の温漣伊殿や少数の護衛だけを伴って身軽に現れた殿下は、小冠を戴き腰に宝刀を佩き、宴席の場にふさわしい出で立ちだ。

温侍中は一度お会いした時の様子と異なり、気配を消して静かに控えている。ああしていれば立派な官吏に見えるから不思議だ。

徳妃である劉涼様には招待を拒まれてしまったが、それは想定の範囲内だった。最初の対面で「個人的にあなたと会うのはこれで最後にしたい」と眼光鋭く切り捨てられてしまったのだから。

史淑妃は、やや身を乗り出すように甜味の一つ一つに視線を留めている。

つかみは悪くないようだ。一切の隙がない完璧な妃である淑妃が、好奇心を滲ませてい最初に目を惹いたのは螺旋酥だろう。これは異なる色の生地を順々に巻いて焼き上げた酥で、渦を巻いたように見えるのでこの名前がある。生地の色付けに使ったのは人参と菠草だ。菠草の微かな苦みが中に隠れた小豆餡の甘さを引き立てる。

「全てわたくしが采配して調理したものです。我が故郷のお茶と共にお召し上がりください」

大黄帝国公主として、故郷の甜味を振る舞い、翠山国との間に友好の橋を架けたい――というのがこの茶会開催の表向きの理由だが、私にはもっと具体的な目的がある。

史淑妃の胃袋をつかむことだ。

彼女は頭のてっぺんから足の爪先まで洗練された妃の鑑。

先日の初めての対面で私は彼女に圧倒された。未来の王后として張り合おうと試みたが、相手にもされなかった。

今は彼女と競おうとは思っていない。それよりも史淑妃と友情を育みたい。

どれほど完璧な妃でも美味しいものの前では素が出るに違いない。そして大黄帝国の甜味に胃袋をつかまれたら、私と仲良くせざるを得ないはず。

温賢妃には事前に宴席で淑妃と打ち解けたいと伝えてある。私の想いを理解してくれている彼女が同席しているので心強い。

給仕をしている夏泉と目配せする。さあ、我々の本気をご覧いただきましょう。

「皆様、よろしければこちらの双皮奶からお召し上がりください」

私の言葉を合図に、夏泉が蒸籠の蓋を外す。

「まあ、これは？」

「牛乳のいい香り……」

碗を満たす純白の甜味に、二人の妃が感嘆の声を漏らした。

「こちらは牛乳と卵白を甘く煮込んで蒸したもの——牛乳の布丁でございます。どうぞ冷めないうちにお楽しみください」

匙で双皮奶をすくい、淑妃が驚いている。

「まあ不思議。酸奶のようなものかと思っておりましたが、もっと弾力があって……ふるふると匙の上で躍るようですわね」

「お味も酸奶とは全然違います。さあ、まずは一口」

淑妃は知らない料理を口にするのを怖がっているようで、慎重に匙を運んだ。

「まあ……ほんのりと甘い。口の中で溶けるよう」

淑妃はうっとりと頰に手を当てた。先ほどの恐れはどこへやら、とろけて消えた双皮奶を惜しんでいる。

蒸したての布丁には人を内側から温めるような優しい味わいがある。淑妃の心にもぬくもりが生まれているはずだ。

「次はこちらもいかがですか？　銀耳湯――甘い湯ですわ」

私はどんどん卓上の甜味を紹介していった。

幸い淑妃は甘いものが好きなようで、一品食べるたびに極上の笑顔を咲かせている。

でも、まだ彼女は素の自分をさらけ出してはいない。上品で、清楚な妃の衣を纏ったままだ。

淑妃を注視すると同時に、私は別のことも気になっていた。

星狼殿下の視線だ。

私が動くたびに彼の視線が追ってくる。何かを警戒されているのだろうか。後宮を友好の場にしたいという私の狙いが、ちゃんと伝わっていないのだろうか。

その割に、彼の表情は普段よりもやわらかい。星狼殿下が何を考えているのか、相変わらず私にはまったく見当がつかなかった。

「それでは皆様、次が最後の品でございます」

私の合図に夏泉が応じ、もったいぶって覆いを被せた盆を運んできた。次は何かしら、とみなの視線が集まる。

「こちらは本日の最も美しい甜味。まずはその優雅な姿からご堪能くださいませ」

仰々しく覆いを取り払う。

現れたのは、大輪の花――薄紅の優美な蓮をかたどった甜味、荷花酥だ。

「この酥は作るのに少々難儀するのです」

目の見えない温賢妃にも伝わるよう、丁寧に説明する。

「餡子を包んで丸めた酥生地に何カ所か切り込みを入れ、低温の油でさっぱりと揚げます。するとが花が綻ぶように生地がだんだんと開き、このように蓮の花そっくりになるのです。揚げたてのものをご用意いたしましたから、ぜひサクサクとした食感を……」

かつん、と私の言葉を遮る硬質な音が響いた。

音の出た先に視線が集まる。

史淑妃の扇が皿の上に広がっていた。彼女が落としたのだ。

物を落として皿を鳴らすなど、本来宴席ではあってはならぬこと。妃の鑑である淑妃が、どうして？

疑問とともに視線を向けた先で、淑妃は自失したように両手で口許を押さえていた。

「どうされましたか……？」

問いかけに言葉は返ってこなかった。

史淑妃の大きな瞳から大粒の雫が迫り上がり、やがてそれが頬を伝ってこぼれていく。

玉が連なるように次から次へと。

「……紫薇？」

星狼殿下が淑妃の名を呼び、立ち上がった。淑妃と荷花酥との間を彼の視線が行き来し、何かに気づいたようにハッと目を見開く。

淑妃はただ泣いている。声をあげず、微かに震え、ただひたすら苦しげに荷花酥を見つめていた。

その様子は今にも散ってしまいそうなほど儚く、痛ましかった。

厨房でお皿を片付けながら、私は重たいため息をついた。

「私、何を間違えたのかしら」

「史淑妃もあの時までは楽しそうにされていましたけどね」

お皿を洗う夏泉の声も沈んでいる。

淑妃の胃袋をつかむ作戦は、ほとんど成功していた。

ところが最後の荷花酥を目にした途端、彼女は泣き出してしまった。声を殺し、目の前の蓮の花を見つめながら。

侍女たちが抱きかかえるようにして史淑妃を退出させ、なんとも気まずい空気のまま散

「私の作った甜味で、悲しい思いをさせてしまうなんて……」

荷花酥は私の一番の自信作だ。

一目で誰をもうっとりさせる、茶会の最後を飾るのにふさわしい一品だったのに……それがなぜ淑妃を泣かせたのだろう。

──しかも、あんな悲痛な顔。

これでは史淑妃と仲良くなるどころではない。星狼殿下も邸に下がる淑妃に付き添い、行ってしまった。

「涙の理由は分からないけれど……主催した茶会がこんなことになって、星狼殿下は私にお怒りかもしれないわね」

「なぜ俺が怒るのです？」

ぼやいた言葉に返答があって、しかもそれが星狼殿下本人のものだったので、私は悲鳴とともに飛び退った。

「な、なぜ殿下がここに⁉ いえ、もうっ、とにかくいらっしゃる際には事前にご連絡をくださいませ！」

「不意打ちのおかげで前回は桃英様の素敵なお姿を拝見できたので、今回も同様にやって参りました」

　にこりと微笑む彼は、嫌味っぽいのに貴公子然として麗しい。

「手伝いましょう。高いところのものは任せてください」

　彼は私から皿を取り上げた。私が踏み台に乗ってようやく届く一番上の棚に、難なく収めてくれる。

「王太子殿下にこのようなことさせられません」

「あなただって帝国の公主様でありながら働いている。人のことは言えないでしょう？」

「そうですけれど……でもわたくしは体を動かしている方が気が楽なのです。それでわざわざ宮女たちから仕事を奪ったくらいで」

「奇遇ですね。俺も体を動かすのが好きなのです」

　実際、長身の彼が手伝ってくれたおかげで、片付けは早くすんだ。

「せっかく洗い終わったあとにすまない」

　ゆったりと長椅子に腰掛けながら、星狼殿下は茶を注ぐ夏泉に謝意を示した。私たち二人がゆっくりと向き合う頃にはすでに日が暮れ始めていた。

　彼は微笑んで話し出す。

「散会の際にご挨拶ができなかったので、桃英様に本日のお礼を申し上げに参りました。今日の茶会は本当によい時間でした。妃たちと話も弾み、楽しかった」

「わざわざありがとうございます。以前お話しした通り、妃の皆様と仲良くなるためでしたから。けれど史淑妃は、その……」

　彼は首を振った。

「桃英様に責任はない。彼女のことは気になさらない方がいい」

「ですが」

　言い募る私を制して、彼はどこか切なげな眼差しを見せる。

「紫薇――淑妃はああやって人前で泣いた方がいいのですよ。むしろもっと取り乱してもよかったくらいだ」

　彼の瞳は私ではない誰かを、それも遠くにいる誰かを見つめているようだった。

「桃英様がおっしゃった通り、あの見事な蓮の花の甜味は、彼女の心を解いて自由にしてくれたのでしょう……」

　真意がつかめず説明を待ったが、彼はこれ以上この話を続けるつもりはないようだ。

「俺はあの銀耳湯というのが特に好きでしたね。とびきり甘いけれど、山楂の甘酸っぱさが癖になる感じで。ぜひまた作ってくださいませんか」

「まあ、もちろんです！」

　自分の作ったものを「また食べたい」と言ってもらえる。作り手としてこれほど嬉しいことはない。淑妃のことで気落ちしていたけれど、疲れが吹き飛んでいく心地がした。

彼は丁寧に今日の感想を聞かせてくれた。作り方や材料を問われて答えると、またそこから話題が広がる。

そうやって会話が続いて、気づけば侍女たちが房内の灯りをつけて回る刻限になっていた。意外にも星狼殿下は話上手なようだ。私もすっかり時間を忘れていた。

そこで、はたと私は気づいた。

(妃として、ここで星狼殿下を引き留め、褥に招くべきなのでは?)

彼の寵愛は求めないにしても、この後宮で王后の位に上り詰めるためには閨事は避けては通れない。これまで夜のお渡りはなかったけれど、今日こそ……。

そう決意して、星狼殿下の顔を見る。

でも、言葉が喉につかえて出てこなかった。

今宵は我が邸でお休みになりませんか?　と言えばいいだけなのに。

どうしてだろう。

形ばかりの夫婦だと割り切っているし、妃としての務めも理解しているというのに。

意図せず黙ったまま殿下を見つめることになってしまった。

彼は、どこか面白がるような瞳で私を観察し、首を傾げる。

「ずいぶん長居してしまいましたね。桃英様は、俺に泊まっていけとは言ってくださらないのですか?　寂しいなぁ」

「……っ⁉」

なんてことだろう。まるであたふたと考え込んでいたのを見透かされていたみたいだ。

恥ずかしさで、顔が信じられないくらい熱くなる。

一方、私が言い出せなかった言葉を簡単に口にした星狼殿下は、ゆったりと椅子に背を預けて、余裕の表情だ。

(これでは星狼殿下の掌の上で転がされてるみたいじゃない！)

悔しさを紛らわそうと、私は勢いよく言い放った。

「あら、これは大変失礼いたしました！　急いで寝所を設えさせますわ」

「おや、よろしいのですか？　無理せずともいいのですよ」

「む、無理などしておりません！　わたくしは後宮の妃でございますから」

胸を張った私に、彼は片眉を上げた。

「では、わたくし、夜着に着替えて参りますので」

忙しなく支度を始めた侍女たちを横目に、私は澄ました顔で退房した。

でも本当は心臓がバクバクと音を立てている。

——ど、どうしよう！　本当に殿下と一晩を過ごすことになってしまったじゃない！

帷をかき分けて寝台に上がると、星狼殿下が先に身を横たえていた。

「お……お待たせいたしました」

いいえ、と彼が苦笑する気配がする。

「さあ桃英様、どうぞこちらへ」

大らかな声で私を招く。乏しい灯りの中ではその表情は窺い知れないが、声の調子から普段通り余裕たっぷりの星狼殿下の顔が目に浮かんだ。

対する私は緊張で体がガチガチに固まっている。

――私、これから本当にこの方と一夜を共にするの……？

帝国から降嫁した身だ。帝国朝廷は私が王太子である星狼殿下と子をなすことを期待している。兄の熹李だって、そのつもりで私を送り出したのだ。

――しっかりしなきゃ、ちゃんとお役目を果たさねば。

固まった体に鞭を打って、なんとか彼のそばまで膝行する。すると、彼の手がぐいと私の体を引き寄せた。

「捕まえましたよ、桃英様」

腕の中にすっかり収まった私の耳もとで、殿下がそう囁いた。

甘い声だった。私の腰に回る彼の腕の力も決して強引ではなく、慈しむように優しい。

自分でも意外なことに、星狼殿下に触れられるのは嫌ではなかった。ほんの少し前まで軽蔑すらしていた相手なのに。

出会った時とは彼に抱く思いが変わっていたのだと、今さらながら気づいてしまった。

それでも、どういうわけか体の硬直は解けなかった。

——こんなことではいけないわ。ちゃんとお役目を……。

果たさなければ、ともう一度自分に言い聞かせる。

——星狼殿下は嫌な方ではない。そもそも私たちは夫婦で、これは政略結婚なのだから。

「桃英様」

不意に殿下が腕の中から私を解放した。そして私から少しだけ距離をとって苦笑する。

「ご無理なさっていますね」

「べ、別にそんなことは……！」

咄嗟に否定してしまったが、星狼殿下の言う通りだ。結局また何もかも彼に見透かされている。

「大丈夫ですよ、ご許可をいただかない限り、これ以上あなたに触れません。お預けを食らうのは残念ですけどね」

からかうようにそう言われて、自分の顔が赤くなるのが分かった。残念って……ど、どういうこと？

「あの、申し訳ございません……わたくし、後宮の妃なのに……」

「そんなことお気になさらず」

「でも……本当はこんなことじゃいけないのに」

殿下はくすりと笑った。

「では、よろしければ今宵は桃英様のお話を聞かせてくださいませんか？」

「わたくしの話、ですか？」

思わぬ提案に、私は目を丸くした。

「はい、あなた自身の言葉で語っていただきたいのです。あなたは俺が想像していた帝国の公主様とはどうも違った方のようなので」

「え、ええ」

それはそうだろう。私のような『普通(ふつう)』ではない公主、ほかにはいないのだから。

「まずは桃英様の幼い頃の話を聞かせてください。なぜ自ら厨房にお立ちになるのか、とか」

「でも、わたくしの話などお耳汚(みみよご)しになるだけではないかと……」

ここでは化け物と罵(ののし)られたくない。話すといっても私の力については伏(ふ)せることになるし、正直楽しい過去でもないので、躊躇した。

「そんなことありません。俺はあなたのことならなんでも知りたいのです」

「⁉」

なんて殺し文句だ。先ほどから彼が甘い言葉ばかり口にするせいで、どうにも調子が乱される。

でも改めて考えてみれば、彼は妃として不十分な私のために、この長い夜の過ごし方を提案してくれたのだ。応じないわけにはいかなかった。

分かりましたと頷いて、私は昔語りを始めた。

「では、まずは母が毒殺されたことから」

一瞬、殿下が息を呑んだような気配がしたけれど、私はそのまま話を続けた。

母様が何者かに毒殺されたのは、私たちが十三歳になった冬のことだった。
その頃、毒見役が買収されていることは明らかで、私たち母子は己の身は己で守るしかなかった。食事は自分たちで作るようにした。私が初めて厨房に立ったのはこの時だ。
頂き物や宴の料理などをどうしても口にしなければならない時は、なるべく私が最初に食べるようにしていた。頑丈な私なら、そう簡単には死なないから。

私が毒見役を買って出たことを母様は不憫に思ってくれた。あなたばかり苦しむのはおかしいわ、と自ら最初の一口に手をつけたのだ。

それで亡くなってしまった。

私があの湯を先に飲んでいればよかった。そうしたら母様は死なずにすんだのに……。

だが、悲嘆と後悔にひたる余裕すら長くは与えられなかった。

今度は熹李が殺される、と私は震えた。皇帝陛下には男子が五人いて、それぞれの母妃とその実家同士が熾烈な皇位継承争いを繰り広げていたからだ。母が亡くなったのち、皇子の一人が不審死を遂げ、私の恐怖は現実味を帯びた。

私たち双子は命からがら後宮を逃げ出し、母様の実家に身を寄せた。しかしそこも焼かれ、身一つで市井に潜むことになった。

熹李を支持する少数の官吏の助けを得て荒ら屋だけは手にすることができた。風雨を凌げる場所があったのは本当に幸運だったけれど、それ以外には何もなかった。

飢えと凍えと、熹李暗殺を画策する後宮からの追っ手。そういったものと戦いながら、私は三年の時を熹李と、逃亡後に合流した夏泉と共に民に紛れて過ごしたのだった。

殿下と共に帷に包まれ、語り出してからずいぶん時が経ったように思える。

「すみません、楽しくもない生い立ちなのに長くなってしまって」

聞き上手の殿下に促されるまま、自分の話ばかりをしてしまった。退屈ではなかっただろうか。

不意に彼の長い指が私の髪をすくいとった。

「……申し訳ない」

彼の声は掠れていた。

なぜ謝るのだろう。私の過去など、殿下にはいっさい関係がないのに。

「そんな過酷な日々をお過ごしになっていたんですね……それなのに俺はあなたのことを奢侈にふけってきた方だと勝手に思い込んでいた」

「えっ……？」

彼の言葉に、殿下とのこれまでのことが思い返された。

たまにしか百花殿を訪れず、彼はそれを誤魔化すように豪奢な宝飾品や高価な毛皮を私に与えた。それで納得せよと、蔑ろにされているのだと思っていたけれど。

「もしかして、だからたくさんの贈り物をくださったのですか？」

闇の中で彼は静かに頷いた。

「ええ。奢侈品に囲まれた暮らしこそが、帝国公主の『普通』だと思っていたので」

そういうことだったのか。私はかえって恐縮した。

「こちらこそ申し訳ありません。殿下がお考えになっているような公主ではなくて……」

「俺が浅はかでした。桃英様の公主という身分だけに囚われ、あなた自身を見ようとしていなかった。俺は思慮が足りないんです、いつも」

私の髪を優しく指に絡ませながら、彼は苦しげに言った。

「浅はか、ですか？」

その言葉には違和感があった。

たしかに、彼は騙すようにして私を後宮の妃にした。その契約違反に対し、侮られたという怒りはある。

でも、星狼殿下は決して浅はかな方ではない。

――あなた自身の望みを聞かせてください。

――ご許可をいただかない限り、あなたに触れません。

むしろ殿下は、私自身の声を聞こうとしてくれている。そんな風に私の想いを汲みとろうとしてくれた人は、これまで一人もいなかったのに。

「違います、星狼殿下は浅はかな方ではありません」

「桃英様……」

「ご自分を的外れに卑下して落ち込まないでください。たしかに初めはないと聞いていたはずの後宮に突然放り込まれて腹を立てましたけど、今はむしろわたくしなんかとよく向き合ってくださると感心しております」

今だって彼はわざわざ政略結婚の妻の話を聞いて、その為人を理解しようと努めている。

ふっと力の抜けた笑い声がした。

「桃英様はやっぱり俺に腹を立てていらっしゃったのですね」

「……ま、まあそれは、そうです」

しまった、正直に言い過ぎた。殿下の寵愛なんていらないと開き直っているせいか、本音と建前の区別がおざなりになっていた。

「的外れか、たしかにそうですね。反省します」

殿下はくすくすと笑っている。

「桃英様は容赦のない方だな」

「も、申し訳ございません！」

「謝らないでください。立太子以降、いたらぬところを正面から指摘してくれる者も減りました。あなたのような方が俺の妻になってくれてありがたい」

そんなものだろうかと思っていると、彼は不意に声の調子を変え、囁くように私に尋ねた。

「ひとつだけ約束を破ってもよろしいですか？」

なんのことかと問うより先に、星狼殿下の大きな手が私の頭に触れていた。

「で、殿下？」

「あなたの許しなく触れることはないと申し上げましたが……今宵はほんの少しだけ」

星狼殿下は私の頭を優しい仕草でそっと撫でる。闇に慣れてきた目が、彼の銀色の瞳を間近に捉えていた。

「あ、あの」

彼の視線が、慈しむようなぬくもりを帯びていて、私は身じろぎもできなかった。

「あなたは、これまでずいぶん頑張ってきたのですね」

耳もとで囁く声は私を甘やかすみたいだ。

「兄君を守るため、己を犠牲にしてきた」

「それは……」

喉が詰まった。

熹李を守るのは当然のことだ。熹李と私では命の重さが違う。女である私が皇帝になることはないけれど、彼にはその可能性が十分にあった。事実、彼は玉座に登った。身を盾にして熹李を守ったことは、私の誇りだ。

でも。

「この国では、桃英様が己を削るようにして生きる必要はない。お望み通り『普通』の妃になってください」

甘い言葉と撫でる手の温かさに、鼻がつんとする。潤んでいく視界が銀の光で満ちていく。

「大丈夫、ここではあなたは守られる側だ。俺が、あなたを守ります」

ひとすじこぼれた涙を、彼の指先がそっとすくった。

「あ……ありがとう……ございます」

どうしよう──嬉しい。

政略結婚の相手で、ほかにも妃を抱えていて、私のことを騙して後宮に押し込んだ夫なのに。

──守りたいと言ってもらえることが、こんなにも嬉しいなんて。

目が覚めると、星狼殿下はすでに出られたあとだった。

朝廷の政務は夜明けとともに始まるから、宮城で働く者の朝ははやい。

昨晩はずいぶんと長く話し込んでしまった。殿下は寝不足でつらくはないだろうか。

「よくお眠りになっていましたね」

いつも通り夏泉が淡々と身支度を手伝ってくれた。

支度を終えると夏泉だけを伴って早朝の散歩に出た。すでに季節は冬に差し掛かっている。殿下がくれた毛皮の袍が温かく、ありがたい。

百花殿から少し西へ進むと竹林が見えてくる。岩が転がる、ほとんど人の手が入っていない場所だ。

「……ここがちょうどいいわね」

私は袍を脱ぎ、夏泉に預けた。怪訝な表情の彼女に、少し離れていてほしいと伝える。

なんとなく察したような顔の彼女を置いて竹林に踏み込んだ。

手頃な岩の前で止まる。ちょっとした小屋くらいの大きさがある岩だ。

「ふぅ」

私は軽く腰を落とした。息を整え、精神を集中する。

そして、

「……せぇの！」

握った拳を岩へと叩き込んだ。

どぉぉぉん――！

地響きのような音をあげ、岩が砕け散った。

「おお、お見事です。お力はご健在ですね」

夏泉がパチパチと手を叩いて、戻ってきた私の肩に袍をかけてくれた。

自分が砕いた岩を眺める。

黙り込んだ私に「どうされました？」と夏泉が問いかけるけど、それには答えずただ首を振った。

――この国では、俺があなたを守ります。

昨晩の殿下の声が、体の内側にぬくもりとなって残っている。

守りたい、なんてこれまで誰かに言われたことはなかった。自分の命がそんなに大切なものだと考えたことすらなかった。

自分の両手を見る。岩を素手で粉砕した割に、傷一つ残っていない。生来の治癒力のなせる業だ。

私は熹李を守るため、この力を行使してきた。暗殺者の刃から彼を守り、時には彼を抱えて逃げ、必要とあれば反撃もした。

『化け物公主』と蔑まれる私に、本当は殿下の守護など必要ない。

「あのさ夏泉、私、この国ではなんとしてもこの力を隠して生きていきたいな」

「……？　ええ、以前からそう決意されてますよね？」

「うん。改めて気をつけようと思って」

守ってもらわなくてもいい。

でも、私を守りたいと言ってくれた殿下の心だけは、失いたくない。そう強く願う自分がいた。

私は劉徳妃の風光殿を訪ねて山を登った。昨日の茶会を欠席した徳妃に、用意してあった甘味を届けにいくためだ。

風光殿は後宮の最奥にひっそりと存在する、森の中の隠れ家のような邸だった。

「桃英様、いいのですか？　劉徳妃のご了承をいただかずにお訪ねして」

「お怒りになるかもしれないわね。でもこの国の人々って突然訪ねてくることが多いし、私もそれに倣おうと思って。そうでもしないと徳妃とは絶対に仲良くなれそうにないもの」

接点を作らねば友情は育めない。どうせ嫌われているのだし、今より状況が悪化することはないだろう、と楽観的に考えてみた。

門前に詰めている者はいなかった。奥まった邸だからと油断して警護を疎かにしているのだろうか。門の中を覗き込んでも人の気配を感じない。

それをいいことに、私は風光殿の中庭に足を踏み入れた。

夏泉のほかに二名の侍女を伴ってきたので、彼女たちに取り次ぎを任せ、ここで待つことにした。さすがに殿舎の中までは許しもなく立ち入るわけにはいかない。

中庭では、冬枯れの木々の合間に真っ赤な椿がいくつも花をつけていた。冬の庭は寂しくなりがちなものだが、よく手入れがされてあちこちに見所がある。

「あのあたりは蝋梅が咲いているわね」

蝋梅は、黄色い花弁が透き通って美しい、冬の冷たい大地に光を投げかけるような花だ。

その光に誘われて、私は庭の奥へと進んだ。

そこで、思わぬ声を聞き取った。

「んっ……」

びくっと肩が跳ねた。私の体はそのままの状態で硬直する。

艶っぽい声だ――しかもそんな声が二つ絡み合っている。男女の間柄で、夜に、主に帷の中で発せられるような……。

二つの声のどちらも私の耳になじんだ声ではない。つまり星狼殿下ではなかった。

百歩譲って星狼殿下ならば昼間から妃や女官と睦み合っていても許されるだろう。でも、後宮で彼以外の男が妃をたぶらかしているのだとしたら、極刑に値するほどの罪だ。

蝋梅の花に隠された先に、小さな池があった。そのほとりで、恍惚と見つめ合い接吻をする男女――。

いや、男女ではない。

それは女官と――男装の劉徳妃だった。

私は思わず声をあげた。

「な、何をなさっているのですか⁉」

私に気づいてハッとする徳妃と女官の方へと詰め寄る。

劉徳妃は今日も麗しい。黒髪をかきあげる仕草が色っぽく、女官と睦み合っていた姿と合わせて私の顔を赤面させた。

(昼間からこんなに堂々といちゃつくなんて……！)

徳妃は悪びれずに女官を抱き寄せた。表情は硬いが、情事を見られて狼狽しているという様子ではない。女官は徳妃の胸に縋り、私を睨みつけている。

「公主様こそ、私の風光殿で何をなさっているのですか?」

劉徳妃の冷たい声音に少々怯んだ。たしかに私は断りもせず邸に踏み込んだ、それはとても無礼なことだ。

それでも叱責されるべきは徳妃の方だ。

「勝手にお訪ねしたことはお詫びいたします。ですが……あ、あんな行為許されるはずがございませんっ」

たちまち徳妃の瞳に憎悪とも言える色が浮かんだ。

「なんとでもおっしゃいませ。ですが、女同士で愛し睦み合うことが罪深いなど、我々は考えておりません」

彼女の声は刃のように攻撃的で、そして真っ直ぐだった。女官を抱き寄せる手に、必死な力がこもっている。本当にこの女官を大切に思っているのだろう。

でも私だって屈するわけにはいかない。

「そんな話はしておりません。劉徳妃、あなたは後宮の妃でしょう」

「……一応、そういうことになっておりますね」

徳妃は一瞬、虚を突かれたような顔をした。

「あなたは星狼殿下の妃です。妃は殿下をお支えするための者――殿下以外の方と、その、情を通じるなど、あってはならぬことでございます!」

徳妃と女官は目を合わせて瞬(まばた)いた。何も言わない二人に、私は再び理(り)を説く。

「わたくしが殿下の妻となったことで、劉徳妃のお立場を損(そこ)なったことはいくらでもお詫(わ)び申し上げます。けれど、星狼殿下を裏切るのはおやめください！」

殿下はこの国のために身を削るように働いている。そのうえ私の事情にまで寄り添ってくれているのだ。そんな方が自分の妃に裏切られるなど、私には許せない。

「公主様、あなたは勘違(かんちが)いをされている」

劉徳妃は静かに言った。瞳に燃えていた憎悪はどこかに潜んで、こちらに向けられた視線は凪(な)いでいた。

「殿下は、私とこの女官——桂鈴(けいりん)が愛し合っていることをご存じだ。その上で私を後宮にお迎(むか)えになったのです」

「え？」

今度は私が虚を突かれた。開いた口が塞(ふさ)がらず言葉を継(つ)げないでいると、徳妃は桂鈴という女官を背後に下がらせ、無骨な拱手(きょうしゅ)をした。

「公主様、ようこそ我が風光殿にいらっしゃいました。このような場所で立ち話をさせるわけにはいきません。どうぞあちらへ」

まるで何事もなかったように彼女は言って、私を正房(おもや)へと導いた。

風光殿からの帰路、私は頭の中を整理しようとした。

星狼殿下は、劉徳妃に恋人がいると知っていて、あえて彼女を後宮に迎えたのだという。

普通に考えればあり得ないことだ。

後宮は、有り体に言えば夫君の子をなすための場なのだから、妃が夫以外の者を愛するなど許されるはずがない。それなのに、なぜ？

いくら考えたって仕方がない。今度殿下に事情を聞いてみよう。

そう気持ちを切り替えたが、残念ながら彼との対面がしばらく難しいことが分かった。

百花殿に帰ると、殿下の言付けを預かった女官が私を待っていたのだ。

「大黄帝国の使者が来る？」

若い女官は頷いた。翠山国の国境を守る関所を、大黄帝国の皇帝名代が率いる一団が訪れたそうだ。その報が今朝宮城にもたらされ、翠山朝廷は使節団を迎える準備で混乱しているのだという。

「それは大変ね……」

自然と眉が寄った。

皇帝名代の使節団となればそれなりの規模で、翠山国としては扱いを疎かにはできない。

それらの人々の寝食を手配するだけで、かなりの負担になるはずだ。

「何かわたくしにお手伝いできることがあればおっしゃってください、と殿下に伝えてちようだい」

女官はそれを承ると、慌ただしく百花殿から去っていった。

それにしても『皇帝の名代』が突然来訪するなんて。皇帝とは要するに私の兄の熹李のはずだ。彼が自分の使者を派遣するなら、事前に報せをくれそうなものだが……。

「夏泉、星狼殿下のために私たちにできることがあるかしら？」

「そうですねぇ。私たちは後宮から出られませんし、特に何もないのでは？」

身も蓋もない返答のあとに、彼女は首を傾げる。

「桃英様は王太子殿下のお役に立ちたいのですか？」

「えっ？」

「つい先日まで一緒に、『顔だけ王太子』と罵っていらっしゃったのに」

夏泉はからかうでもなく微笑むでもなく淡々と続ける。

「先ほどは劉徳妃の殿下に対する不貞についてもかなりお怒りでしたし。昨日の一夜で、殿下とずいぶんと懇ろな仲になったのですね」

ね、懇ろ？

「やだ、そんなわけないじゃない！」

必死で首を振って否定した。顔がやたらと熱い。

「昨晩は本当に添い寝しただけ！　ただ……星狼殿下が私の話に真剣に耳を傾けてくれて、

それがちょっとだけ嬉しくて……思っていたより優しい方だと分かってしまったから、力になりたいし、傷ついたりしてほしくないと思っただけなの！」

「さようでございますか。ご夫君が仕えるに値する方と判明してよろしゅうございました」

「……そうね、本当にそうだわ」

思わず頬が緩んだ私に、彼女はニヤリと笑う。

「とりあえず今はやることがないのでお茶にいたしましょう。まだ桃酥が残っていたはずです」

「大賛成。腹が減っては戦はできないもの」

美味しい甜味でお腹と心をいっぱいにして、必要な時に殿下のために動けるようにしておこう。私はそう前向きに決意した。


外廷の正殿に踏み入れると、普段と異なる張り詰めた空気に肌を刺されるようだった。

正殿を占拠する大黄帝国の使節団が、その原因だ。

「翠山国王代理、王太子の皜星狼でございます」

使節団の大使を前に名乗り、揖礼をすると、相手は拱手を返してきた。

さすが大黄帝国皇帝の名代、極めて威圧的だ。

揖礼が貴人への敬意を示すものであるのに対し、拱手は位の近い者に対して行う礼。翠山ごとき小国の王太子よりも、自分の方が位が上だと言いたいらしい。

「大黄帝国皇帝名代を拝命している張と申す。突然来訪した無礼を詫びよう。貴国との交渉が遅々として進まぬことに気をもむ陛下に命じられ、こうして急ぎ参った次第である」

名代は壮年の男だった。蓄えた髭と堂々たる太鼓腹がいかにも大国の高官然としている。

俺の背後に控えた陳宰相が一礼ののちに言葉を挟んだ。

「遠方よりのお越し、誠に痛み入ります。長旅でお疲れでしょうから本日は宮廷内でゆっくりお休みくだ……」

「必要ない。我々は忙しい。すぐにでも王太子殿下と本題に入らせていただきたいのだ」

宰相の言葉を遮って彼は俺の顔を見た。俺はわざとゆっくりと返答する。

「本題と申しますと、いまだ決着のつかない朝貢品のことでしょうか」

「もちろんだ」

翠山は開国とともに帝国との交易を開始する。

帝国はいかなる国とも決して対等な関係では交易を行わない。我が国も開国後は臣下として帝国に献上品を貢納し――これを朝貢という――、その返礼として主君たる帝国から下賜品を賜る、という形式をとるのだ。

朝貢使節には国内の商人を伴うことが許されているので、商売は必ずしも国家間の形式張った取り引きに限られるわけではないが、交易は帝国の恩寵としてほぼ完全に朝廷の管理下で行われる。

俺たちはより有利な条件で帝国との交易交渉を決着させたい。それが今後の翠山の行く末を左右するのだから。

俺は努めて穏やかに微笑んだ。

「承知しました。隣の養心殿に席を設えておりますゆえ、すぐにそちらへ」

張大使は一瞬だけ眉を跳ね上げた。こちらが先回りして場を整えていたことに少々驚いたようだ。

「殿下のご厚意に感謝する。ところで、もう一つ頼みがあるのだが」

「なんでございましょう?」

いったい何をと構えると、彼は髭を撫でながら悠々と要求してきた。

「部下たちの見聞を広めるため、貴国の各地を巡らせたい。誰か案内をつけてくれるか?」

「なるほど、大国の方々はずいぶん勉強熱心でいらっしゃる」

かろうじて笑みは維持したが、内心では舌打ちをした。

見聞とは名ばかりの監察だ。要求を呑めば我が国の貧しい懐事情を知られてしまう。なんとかして断りたいところだが、「帝国に見せられぬものでも隠しているのか」と言いがかりをつけられるのもいただけない。

「分かりました。案内役を手配いたしましょう……ああ、ただ」

まさに今思いいたったという風に俺は眉を寄せた。

「翠山はすでに冬。残念ながら北部の草原地帯や西部の山岳地帯はご案内できません」

「ほう？　帝国に見せられぬものでも？」

想定通りのおどし方をしてきたので、思わず軽く噴き出してしまう。それを誤魔化すように首を振った。

「とんでもない。とにかく北は寒いのです。放牧を生業とする者たちも冬は南下しているほどでして、無人の草原は一面の雪化粧――見る価値もございません。それに、西は熊が出ます」

「熊？　たかだか野生の獣に我々が怯むとお思いか」

俺は大袈裟に驚いてみせた。

「なんと！　では翠山からも一軍をお貸しいたしましょう。帝国の衛士の皆様と協力し、厳重に大使殿をお守りさせていただきます」

「軍を出す？　いくらなんでも熊ごときに……」

「まさか大使殿は翠山の熊をご存じないのですか？」

どういうことだと訝しむ大使に、俺は首を振る。

「翠山には、長く山で生き怪異と化した熊が多数おります。彼らも寒くなれば冬眠しますが、この時分はまだ眠りに入った直後。山に踏み込んで起こしてしまえば、怒りのままに襲ってくるでしょう。数人の衛士ではとても手に負えませぬ。罠を仕掛け、一軍を率いて挑まねば」

「なるほど……帝国の竹林に棲みついた虎のようなものか」

「おそらくその通りかと」

神妙に頷くと、大使は納得したようだ。とりあえず見て回れるところだけ案内せよ、と方針を転換した。

「承知しました。では、そのように計らいますので、しばしお待ちを——大使殿を養心殿へご案内しろ」

方々に指示を出して俺は一度正殿を下がった。すぐに宰相と漣伊が寄ってくる。

「殿下、さすがでございます」

宰相は俺を拝むようにした。ひょろりと細いせいで今にも風で吹き飛んでしまいそうな我が国の陳宰相は、帝国大使の貫禄と比べるとあまりに頼りない。

「西は最貧地域だ。あそこをに行かれてしまったら帝国に足もとを見られることになるからな」

常には軽い調子の発言が多い漣伊も、今ばかりは厳しい表情をしている。

「その通りだ。だが東南部の比較的暮らし向きのよいところですら帝国からすれば貧相に映るだろう。帝国使節団を適当な口上で誤魔化せる案内を用意しろ。漣伊、お前も行け」

「おう、諸々有耶無耶にしてやるよ——今は祭祀に向けて身を浄めるために清貧を旨とした日々を送る季節でございまして……とかな！」

俺は頷き、漣伊を見送った。ふざけているようだが、漣伊なら本当に相手の目を騙くらかしてくるだろう。

宰相が言いにくそうに俺を見上げた。

「あのぉ……せっかく帝国の公主様を娶られたのですから、公主様に大使殿との仲立ちを依頼してはいかがです？」

思わぬ名が出て、俺ははたと立ち止まった。

桃英様に仲立ちを？　たしかに、彼女は何かあれば頼ってくれと言伝てをくれたが。

不意に彼女の姿が脳裏に浮かぶ。

初めて会った際の絢爛豪華な姿ではなく、厨房で汗をかく素朴な様が。

重大な交渉事に向かう直前だというのに、そんな桃英様の姿にどこか温かな心地になる。

だからこそ、俺ははっきりと首を振った。

「桃英様には後宮で静かに暮らしていただく——煩わしいことに巻き込むつもりはない」

宰相は承知しましたと頭を下げた。

「そうでございますね……嫁いだばかりの公主様が帝国よりも翠山の利のために動いてくれるとも思えませんし。実際、今回の使節団訪問も教えてくださいませんでした。殿下の言う通り、ここは我々だけで対処いたしましょう」

「……ああ」

「それにしても、本当に殿下がいてくださってよろしゅうございました。予期せぬ立太子からまだほんの数年だというのに、こんなに立派に国を率いて……」

続く言葉は耳に入ってこなかった。宰相の「公主様が翠山のために動くとは思えない」という台詞が引っかかり、腹に落ちない。

桃英様はそういう方だろうか？　わざわざ使節団訪問の日程を伏せて、翠山朝廷を混乱させたりするだろうか？

「……ないな」

思わず口に出した独り言に、宰相がびくりと反応した。

「陳宰相、貴殿のおかげで重要な点に思いいたった。急ぎ、劉将軍を呼んでこい。配下を連れ、養心殿の外で待機せよと命じてくれ」

「劉将軍を⁉　は、はい、承知いたしました」

慌てて駆けていった宰相を見送り、俺は衛士数名を引き連れて養心殿に乗り込んだ。

養心殿は正殿のそばにある小さな殿舎だ。礼典の際の控えの間として、もしくは少数の官吏との簡単な合議などで使用される。

衛士を伴って房内に入ると張大使が机の奥、上座にどすんと腰を据えていた。ふてぶてしい様子に呆れるが、狭い房の奥まったところに自ら入り込んでくれたことは、都合がいい。

俺が向かいに座ると、大使はろくな挨拶もなしに本題に入った。

「王太子殿下、翠山は朝貢品として毛皮を提案しておるが……」

「張大使、その前にご確認したいことが」

相手の言葉を断ち切って、俺はあくまでにこやかに切り出した。

「貴殿はご自身を皇帝名代だとおっしゃった。ならば皇帝陛下の御璽の押印された書状をお持ちでありましょう。それを確認させていただけますか」

「ああ、まだ見せていなかったか」

大使はそばに控えた部下に視線をやった。彼の態度は自然だったが、部下の方には緊張が見える。部下が軽く首を振ったのを確認し、張大使は俺の方に向き直った。

「すまない。書状はここにはないようだ。のちほど提示しよう」

「そうですか、ではそれまでお話を進めることはできません」

ぴくりと大使の眉が跳ね上がった。

「まさか王太子殿下は、この張を偽の大使だと疑っておられるのか？」

威圧的な太い声だが、怯む必要はない。

「とんでもない。張大使が帝国の重鎮であることはもちろん存じ上げております。位階は従四品上、枢密院客省使に任官されて三年ほど。それまでは南方の魯州で長官をされていたとも伺っております」

大使はうっと喉を詰まらせた。こちらが己のことをそこまで調べ上げているとは思わなかったようだ。

「ですが、皇帝陛下から全権を任せられた方であるのか、それは承知しておりません」

強い視線で睨みつけるように笑むと、張大使はさすがに口ごもった。俺は容赦なく言葉を続ける。

「書状はどなたがお持ちで？　その方をすぐにこちらにお連れになってくださいませ。張大使のお時間も限られておりましょう？」

「そ、それは……今確認させる」

「まさか書状の所在を把握されていない？　皇帝陛下の御名が記された書状を？」

「い、いや……」

「それとも、まさか皇帝名代を騙っているわけではございますまいな？　独断でいらっしゃり、皇帝陛下の意に反する交渉を進めようとしているとか？」

俺が詰め寄るように身を乗り出すと、大使は気圧されて椅子の前脚を浮かせた。

「そ、そんなはずがあるか！」

「たしかあなたは、現皇帝陛下の即位に長らく反対のお立場でいらっしゃいましたね？」

笑みを絶やして睨みつけると、大使は額に脂汗を浮かべ始めた。

やはり、と俺は確信した。

「劉将軍！」

声を張りあげると、すぐに武装した衛士数名が入り込んできた。

大柄な者ばかりだが、先頭に立つ男だけ身丈が低い。童顔で、一見すると優男だが、これが翠山国軍一の剣の使い手、劉暁将軍だ。

俺は張大使を指で示す。

「あの男は皇帝名代を騙っている。これは大黄帝国皇帝陛下への大逆である。捕らえよ！」

「承知」

劉将軍は素早く剣を抜いた。大使の護衛も一瞬遅れて腰に手をやったが、その手が柄にかかる頃には劉将軍が間合いを詰めていた。椅子から立ち上がった張大使の首に正確に剣先が突きつけられる。がたん、と倒れた椅子が乾いた音をたてた。

「違う……俺は名代を騙ってなど……」

「ならば書状を出してくださいませ」

往生際の悪い大使に、俺は要求を繰り返した。

「それは……ある、本当にあるんだ。その……どこかに……」

「では、こちらから帝国朝廷に問い合わせてみましょう」

その言葉で、張大使は言葉を継ぐのをあきらめた。

劉将軍の指示のもと、張大使とその部下たちは速やかに捕縛された。

「手際がよくて助かる。さすがは我が国軍一の剣豪だ」

全て片付いたあとに暁を労った。二人並んで宮城を囲む歩廊から街を眺める。彼は俺の顔を見ようとせず、ふんと鼻を鳴らした。

「殿下にそうおっしゃられても嫌味にしか聞こえませんね。俺が国軍一になれたのは、殿下が立太子とともに軍から逃げたおかげですから」

「逃げた、とは心外だ」

「おまけに漣伊まで殿下にくっついて軍を抜け、侍中になどなってしまった。今の軍は張り合いがございませんよ」

苦笑した。俺とて、気心の知れた暁や漣伊とただ一心に剣の腕を磨いていられた頃が懐かしい。

「だが、殿下は国王名代としても立派にやってらっしゃる。つくづく器用で嫌な男であせられる」

暁は俺の顔を真っ直ぐ見上げた。顔貌は幼いが、視線の強さはどんな将軍にも劣らない。

「よくあの大使が皇帝の名を騙っているとお気づきになった。なぜお分かりになったのです？　御璽など殿下ご自身が確認するようなものでもないでしょう」

「……ちょっとした違和感があっただけだ」

宰相が言った「公主様は翠山の利のためには動いてくれないだろう」という言葉。

それが腑に落ちなかった。

桃英様はこの国でどう暮らし、そして後宮をどのような場にしたいのか、確たる展望を持っている。翠山の朝廷、そしてこの国の人間を蔑ろにはしないと思えた。

「もしあの張という人物が本当に皇帝の名代ならば、皇帝の妹君である公主様が使節団訪問を事前に俺に教えてくれただろうと思ったのだ」

ほう、と、暁は顎を上げて興味深そうな顔をした。

「政略結婚で娶った妻だが信頼できる相手だ、と殿下は公主様を評価されているわけだ」

「信頼……まあ、そうかもしれないいな」

暁の堅苦しい言い様は、自分の心持ちを的確に表現しているわけではなかったけれど、さほど外れてもいない気がした。

ところで、と暁は話題を変えた。

「我が妹は大禍なく過ごしているだろうか」

無愛想な暁のことだから一切表情は変えないが、やはり妹のことは気になるようだ。

彼の妹は劉涼——徳妃として俺が後宮に召し上げた、俺の婚約者だった人だ。

「問題なく暮らしている。俺やほかの妃と顔を合わすのは好まぬようなのであまり姿は見ていないが、女官たちの報告によると心配はいらぬようだ」

「涼め。後宮の妃となったからにはその勤めを果たさねばならぬというのに……」

思わず額に手を当てた暁の肩を、軽く叩いた。

「まあ今は仕方がない、あんなことがあったんだ。しばらく休んで気が回復すれば、振る舞いも変わるだろう。それに臘日祭ではさすがに徳妃も表に出る。気分を変える機会になればいいな」

暁は深く頭を下げた。

「殿下の配慮に感謝する——涼は殿下の後宮に迎えていただけて本当に幸運だった」

「そうだといいんだが」

「だが殿下は面倒事を抱えることになってしまわれた」

「面倒ではないが」

いや、面倒だろう、とにべもなく暁は言い切る。

「殿下に負担を強いている分、俺も人一倍働く。もっと頼っていただきたい」

暁は無骨な揖礼をし、俺の返答を待つことなく去っていった。

「頼る、か」

俺にはそれがよく分からない。必要な時には漣伊も暁も呼び寄せて職務にあたってもらっている。だが、どうしてか今みたいにもっと頼れと言われてしまうのだ。

「本当は向いていないのだ、王太子など」

そもそも俺など、しょせんは「代わり」の王太子なのだから。

第四章　光に満ちた場所

初めて訪れた祀廟の美しさに、私は感嘆の声を漏らした。

「なんて清らかな場所」

「空気が澄んでいますわね」

隣で温賢妃も晴れ晴れとした表情だ。

私たちは臘日祭の礼典のために、都の外れの祀廟を訪れていた。

山麓に位置するこの廟は、広々とした庭園内の中心に主殿である翠母殿を据え、周囲に献殿や楼閣を配している。建屋の間を巡る小川は山の湧水を源流とし、その清流を魚が悠々と泳いでいた。

一年の豊作に感謝する臘日祭は、民にとっても朝廷にとっても重要なお祭りだ。一年の最後の月である臘月の八日に行われることから臘八節とも呼ばれる。

大黄帝国では帝室の祖先である仙人を祀るのだが、翠山では翠母と呼ばれる女神に祈りを捧げるらしい。翠母はこの国を創り育んだ女神なのだと、道中の馬車の中で温賢妃が教えてくれた。

「温賢妃、翠母殿が見えて参りました」

小川に渡された橋の向こうにひときわ長い歳月を感じさせる殿舎があって、それが翠母殿だった。威儀を正した儀仗兵が周囲に並び、正装の女官が忙しく礼典の準備をしている。吐く息の白くなる季節だが、寒々しさとは無縁の華やかさだった。

「お待ちしておりました、公主様、温賢妃」

橋を渡り切ると、すでに到着していた星狼殿下に迎えられた。両隣に史淑妃と、劉徳妃が控えていて、三人とも礼典にふさわしい正服に身を包んでいる。

殿下は藍の深衣に宝刀を佩き、首もとに銀白の毛皮を巻いていた。美しい銀の髪を結って小冠を戴き、秀でた額も華やかな面立ちも惜しげなくさらしている。

加えて、両隣に同じく神々しいばかりの妃が並んでいるのだから、視界が眩いばかりだ。

史淑妃がおずおずと一歩進み出た。

「公主様、先日の茶会では大変な失礼を……本当に申し訳ございませんでした」

睫毛を伏せて恥じらう淑妃は、今日も芸術品のような美しさだった。

「いえ、こちらこそ何か不心得があったのではないかと心配していたのです。元気なお姿を拝見できて安心いたしました」

茶会で涙をこぼして辞去してから、彼女は自殿にこもっていた。嫌われたのかと案じていたのでホッとした。

殿下が親しげに淑妃に微笑みかける。

「だから言ったでしょう、桃英様はお気になさっていないと」

「はい、殿下のおっしゃる通りでございました」

頷いた淑妃に向ける殿下の眼差しは優しい。

無骨な礼をして劉徳妃も会話の輪に加わった。

「殿下、私、温賢妃には初めてお目にかかりました。彼女は今日も男装だ。ご紹介賜れますでしょうか」

「これは失礼した。温賢妃、こちらは徳妃の劉涼だ」

「初めまして、温家の小梟と申します」

徳妃と賢妃は握手を交わした。

「温賢妃は、そこに控えている侍中の温漣伊の従姉にあたる」

温侍中が拱手し、劉徳妃も彼に一礼した。星狼殿下が言い添える。

「劉徳妃の兄は翠山国軍の劉暁将軍だ。軍内随一の剣の使い手だよ。今日は翠天宮に残って、ここには来ていないが」

「畏れ多いご紹介です。殿下の腕には敵わぬと、兄はいつも悔しがっております」

元々は婚約者だったという徳妃と星狼殿下の会話に、わだかまりは感じられなかった。

昔からの友人だと言われても納得してしまいそうだ。

妃付きの女官も主殿のそばに控えており、夏泉らと共に徳妃の恋人も並んでいる。桂鈴という名の彼女は、熱い眼差しで徳妃を見つめていた。

星狼殿下は、二人の恋心を知った上で劉徳妃を後宮に迎えたのだという。どのような考えがあってのことなのだろう。殿下本人に尋ねてみたかったが、大黄帝国の使節団の来訪のせいでままならなかった。しかもその使節団は皇帝名代を騙っていたというから、迷惑……というか不敬極まりない。今はひとまず翠山の牢に放り込まれて、帝国による処分を待っているらしい。

「殿下、そろそろ始めましょう」

小柄な老人が口を挟んだ。

「公主様、そして夫人の皆様方、遥々お越しいただき痛み入ります。私は宰相職を賜っております、陳安江でございます。本来、臘日祭の礼典は国王陛下が執り仕切るもの。ですがご存じの通り我らが王は些かお体の具合が優れませぬ。そこで王太子殿下と、その妃の皆様方に国王代理として礼典を行っていただきます」

殿下は妃たちを見渡した。

「わざわざ足を運んでもらいすまないが、臘日祭は翠山国にとって極めて重要な祭儀。あなた方にもぜひ大地の実りへの感謝と、来る新年の豊穣を祈ってほしい」

「では、参りましょう——どうも西から嫌な雲が近づいております。雨に濡れる前に終えられた方がよろしいでしょう」

陳宰相の言葉にみなが目線を上げた。気持ちのいい冬晴れだと思っていたが、西の空には黒々とした雲が迫っていた。


主殿には翠母の塑像が祀られていた。

木彫りの塑像はやや色褪せているが、翠緑に彩られた鮮やかな髪と、瞼を伏せたご尊顔が神秘的だった。

翠母像の前で道士の祈祷を聴き、祈りを捧げる。

事前に聞いていた通り、儀式自体は簡素なものだった。だが、殿下とほかの妃たちの真剣な眼差しが、この祭儀の重要性を物語っていた。

「来年も飢饉が起こりませぬように……」

隣席で温賢妃がこぼした切実な願いが、私の耳に強く残った。

それは、ちょうど私が翠母に供物を捧げようと立ち上がった時に起こった。
「う、うわぁ！」

「きゃあああ！」

翠母殿の外で悲鳴と絶叫が入り交じる。

何かとんでもないことが起こっている。直感的にそれが分かった。

私は全神経を聴力に集中させた。衛士や女官の叫びに交じるこの息遣いは――獣だ。

しかも、かなり巨大な。

「く、熊です!!」

衛士が叫び、翠母殿に飛び込んできた。その背後に逃げ惑う女官たちが見える。

「妃たちを退避させよ！」

殿下はそう指示し、自ら翠母殿の外に駆け出した。

「星狼殿下っ!?」

私は愕然とした。

殿下はこの国の王太子だ。この場で一番守られるべき方なのに、自ら危険に向かっていくなんて。

さらに私を驚愕させたのは、史淑妃が殿下に追い縋ろうとしたことだった。

「星狼様、いけませんっ！」

私は、殿下を追って飛び出そうとする淑妃の腕をつかむ。

「だめです、淑妃！　はやく逃げましょう！」

熊は危険だ。刀ですら歯が立たないと聞いている。

「ここは衛士に任せましょう、さあ」

避難を促しても淑妃は殿下のもとへと手を伸ばす。彼女の顔面は蒼白で、ほとんど我を失っているように見えた。

「いえ、いけません！　はやく行かないと星狼様まで己を犠牲にしてしまう！」

必死にもがく彼女を取り押さえる私の横を、信じられないことに劉徳妃が駆けていった。

「桂鈴っ！」

なんということ、殿下だけでなく徳妃まで危険に突っ込んでいく。

「淑妃と賢妃をお守りして！」

私は淑妃を止める役を女官に任せ、殿下と徳妃のあとを追った。

翠母殿の外へ出ると、一瞬陽射しが目を灼いた。その眩しさが通り過ぎると、背すじを凍らすものが目に入る。

「熊？　これが……？」

太く鋭い牙、血に濡れた大きな爪、茶色の荒々しい毛並み。

それは話に聞いていた熊の姿そのものだった。だが、目の前の獣はあまりにも大きい。

翠母殿の屋根を超える、非常識なほどの巨体。

「か、怪異(かいい)です……なんでこんなところに……」

腰を抜かして座り込んだ女官が震(ふる)える声をこぼした。その女官を夏泉が抱(だ)き起こそうとしている。よかった、夏泉は無事だ。

数名の衛士が地に倒れ伏している。痛みに呻(うめ)いているからまだ命はありそうだ。劉徳妃は恋人を見つけて背に庇(かば)っていた。

熊は興奮して前足を振り回している。それを衛士と殿下が取り囲み、なんとか撃退(げきたい)しようと苦戦していた。温侍中も剣を握(にぎ)り包囲に加わっている。

――怪異。それは長い年月を生きて妖(あやかし)と化した獣の総称(そうしょう)だ。

大黄帝国が神獣(しんじゅう)と崇(あが)める黄竜(こうりゅう)のように、人を超える智慧(ちえ)を有するものもいるが、目の前の熊は巨大化し獰猛(どうもう)さを増しただけの低級の怪異のようだった。

最初に見た時こそ肝(きも)が冷えたが、落ち着いて観察してみればなんてことはない、ただの大きな獣だ。

だからこそ、迷ってしまう。

「どうしよう……」

――私の力なら確実に仕留(しと)められる。だけど。

思わず意見を求めて夏泉を見ると、彼女は厳しく首を横に振った。

――そうだ、戦ったらバレてしまう。

私は『普通』の妃になって平穏に暮らすためにこの国に来たのだ。

――化け物だと知られたくない。

熊に背を向け、夏泉を手伝って女官を抱き起こす。熊が暴れるこの場から、せめて少しでも多くの人たちを逃がす手伝いをしよう。

――きっと大丈夫、熊は殿下たちがなんとかしてくれる。

そう信じて、人命救助に専念することにした。

星狼殿下の剣の腕は確かだった。帝国禁軍にも、これほどの使い手は何人もいないはず。間違いなく、本物の剣豪だ。

熊の大振りの攻撃をすり抜け、殿下はその懐に入り込む。

「食らえ……！」

気迫のこもった一撃が熊の後ろ足を貫いた。

「ぐおあぁぁ」

熊が呻く。だが、その動きを止めるまでにはいたらなかった。

痛みに我を忘れた熊は、やぶれかぶれに暴れ出した。殿下は咄嗟に地を転がってかわしたが、幾人かの衛士が蹴散らされてしまう。

「まずいっ！」

殿下が叫ぶ。

熊は包囲が緩んだ方向——翠母殿へと突進した。

——賢妃たちは⁉

振り返った翠母殿の屋根の下に、私は一つの影を認めた。

「きゃああ‼」

影が悲鳴をあげた。史淑妃だ。なんということ、彼女は制止を振り切って飛び出してきてしまったらしい。

躊躇する間は一瞬たりともなかった。

淑妃のもとへと四つ足で突進する熊。その巨木のような足に——、

私は飛びかかった。

「……くっ！」

熊の足にしがみつき、全精力を振り絞って地面を踏ん張ると、熊はつんのめるようにして前方に倒れた。やはり手に負えない相手じゃない。

「さあ、こっちよ！」

私は熊を挑発した。言葉が通じたわけではないのだろうけれど、熊は起き上がって振り返り、血走った目でこちらを睨む。邪魔な袍を脱ぎ捨て、私は低く構えた。

「桃英様っ！　一体何を⁉」

背後で殿下の絶叫が聞こえた。

胸がじくりと痛む。

『この国では俺があなたを守ります』

殿下は私にそう言ってくれた。

――もう、そんな優しい言葉をかけてくれることは、二度とないんだろうな。

熊が猛烈な勢いで突進してくる。

――でも、しようがない。人の命には代えられないもの。

熊の大きく振りかざした右の掌が、こちらに振り下ろされる。

「桃英様っ！」

「いやぁぁぁ！」

殿下と淑妃の絶叫。

それを聞きながら、私はするりと熊掌をかわした。

「え？」

素っ頓狂な殿下の声。

私は身を翻し、熊の前足をつかんだ。

「えいっ！」

突進してきた熊自身の勢いを利用して、その巨体を投げ飛ばす。

どおおおん。

地響きを立て、熊が背中から地面に落ちた。強かに背を打った熊は、ぐぇぇと呻いて静かになる。

「ふぅ」

乱れた息を整えた。あれだけの強さで叩きつけたのだ、もう安心だろう——と思ったのだけれど。

「くっ！」

油断して一瞬気を緩めた私を、熊の爪が襲った。起き上がりざまに肉を深く抉られ、二の腕から血がどくどくと流れる。

——まずい。

裂かれた腕は右腕。利き腕だ。

熊は後ろ足で立ち上がり、巨体に任せて私を見下ろしている。

——さすがにこれは……死ぬ！

そう覚悟した瞬間。

「くたばれ——！」

熊の巨軀のさらに上。剣を構えた殿下が、気迫のこもった声とともに舞い降りるように現れた。

熊が私に気を取られているうちに、殿下は背後から近づき、その背を駆け跳躍したのだ。

殿下の一撃が、熊の脳天を貫く。

「ぐがぁあああ」

熊は断末魔の叫びとともに倒れ、大量の血を流して今度こそ絶命した。

「よ、よかった……」

安堵すると、腕の痛みがより激しく感じられた。ダラダラと血が流れ続けている。

痛みを堪えながら腕に意識を集中した。元来の治癒力が発揮され、出血が止まる。

「……ば、化け物」

怯えた声が耳に飛び込んできた。ハッと顔を上げると、衛士や女官が私を遠巻きにしていた。

「なんだ、あの怪力……？」

「あ、あんなに深かった傷が、もう塞がってる」

ひそひそと囁く声が私の鼓膜を揺さぶる。

気づけば雨が降り始めていた。ぽつぽつと音をたてて降りしきり、その冷たさが私を芯から凍えさせた。

——ああ、ついにやってしまった。

血の気が引いた。ふっと足から力が抜け、目の前が暗くなる。

「桃英様っ！」

誰かが私の名を叫んだ。

それを遠くに聞きながら――私は意識を失った。

闇の中で、小さな肩が震えている。

亡くなったはずの母様だった。華奢な体を抱いて崩れるように泣いている。

これは夢だ、と頭の隅で気づいた。母様がいるはずがない。彼女は毒殺されたのだから。

でも、叫ばずにはいられなかった。

『母様、ごめんなさい！』

母様の涙を拭いたかった。震える肩を抱きしめたかった。

なのに、体が動かない。声すら母様には届いていないようだ。

『約束を破ってごめんなさい！』

それでも必死に喉を震わせた。

『普通でいられなくてごめんなさい！　母様の言う通りにできなくて……ごめんなさい！』

目を覚まして最初に視界に飛び込んできたのは、見慣れた夏泉の顔だった。

「桃英様、大丈夫ですか？　うなされていらっしゃいましたよ」

私は見知らぬ寝台に寝かされていた。視線をさまよわせると、夏泉がためらいがちに口を開く。

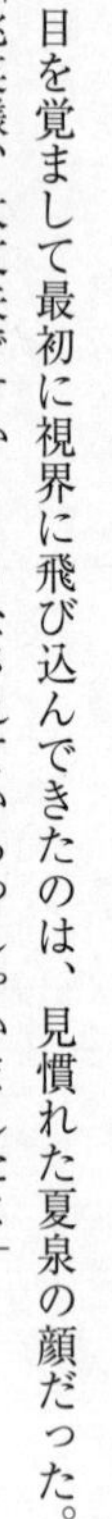

「ここは史淑妃のご実家、史家の別邸です。桃英様の手当てのためお借りしています」

「手当て……」

体を起こそうとすると腕がずきりと痛んだ。それで私は思い出す。

隠し通すと母様と約束した力を、使ってしまったのだ。淑妃や徳妃、そして殿下が見ている前で。

「……ごめん、夏泉」

喉が詰まった。

「なんで謝るんですか。声が掠れていらっしゃいます、白湯を飲みましょう」

助けを借りながら半身だけ起こし湯呑みを受け取った。しっかり寝たおかげか体力は回復していた。熊に裂かれた腕も、私の治癒力をもってすればまもなく治るだろう。

「ごめんね、せっかく夏泉がついてきてくれたのに。私、失敗しちゃった。きっと翠山国を追い出されるわ」

「別にいいですよ。そうなったら、次はもっといい場所を探しましょう」

夏泉は優しい。だからこそ私の世話ばかりさせていられない。彼女にも彼女自身の人生があるのだ。

「あの」

寝房の外から微かな声が聞こえた。史家の使用人が怯えた声で告げる。

「王太子殿下が、公主様のお見舞いに訪れておられます」

ずしんと心に重たいものがのしかかった。

帝国から押しつけられた妻が『化け物』だと知った彼は、どんな瞳で私を見るのだろう。

故郷で、そして翠母殿で自分に向けられた、嫌悪と恐怖の入り交じった眼差しが目に浮かんで、怯んでしまう。

――でもどうせ、いつかは星狼殿下と向き合わねばならないのだ。

そう覚悟して、私は彼を招き入れた。

殿下は帷を開いた寝台のすぐそばに椅子を寄せ、腰を下ろした。常には余裕の笑みを浮かべている顔に、気遣わしげな色を刷いて。

「お加減はいかがですか？」

「……お見舞い、恐れ入ります」

自分の声がよそよそしく響いた。

星狼殿下の声音はやわらかかったけれど、嘘を貼りつけたその顔を見る気にはなれなかった。俯いて、彼の視線から逃れて言った。

「そのうち治ります。ご心配には及びません」

形式的な見舞いの言葉を交わし終えると、会話が途切れた。

それでも殿下は腰掛けたままだった。じっとこちらを見つめている気配がする。そしてついに切り出した。

「桃英様、あのお力は……？」

私は一瞬口ごもった。こうして彼を目の前にすると覚悟が鈍ってしまう。でももう隠し立てすることはできないのだから、と自分を奮い立たせた。

「驚かせてしまい、申し訳ございません。わたくしはあのように常人ならざる力を持って生まれたのでございます。帝室の血がそうさせているのか……それはよく分からないのですが……」

「そうですか」

彼は静かに頷いたのち、少しの沈黙を挟んでこうこぼした。

「……桃英様は、お強くていらっしゃるんですね」

その言葉が、私の胸を締めつけた。

かつて星狼殿下は私のことを守ると言ってくれた。

もうその事実をなかったことにしたいに違いない。私は化け物で、『普通』じゃないから。

ぽつ、と微かな音がした。静まり返った房にぽつりぽつりと小さな音が続いていく。

それは私の瞳からこぼれ落ちた涙の音だった。いつの間にか私は泣いていた。

「桃英様、涙が……」

彼がそっと私の頰を拭おうとするので、私はついに耐えられなくなった。

「星狼殿下、ご無理なさらないでください。本当はわたくしのことを恐ろしいとお思いでしょう？」

「恐ろしい……？」

彼は微かに首を傾げた。

演技を続ける彼に、微かに笑ってみせた。

「でなければ、廊下に衛士を控えさせたりしないでしょう？」

「は？　衛士？　どういうことです……？」

殿下が背後を振り返ると、扉の向こうから男が二人現れた。

「気づかれていたとは。公主様のお力、聞きしに勝る」

剣の柄に手をかけた小柄な男が私に視線を向けてくる。女性的な面立ちに対して、眼差しは獰猛だった。

「暁！　なぜ……!?」

驚く殿下に答えたのは、やはり扉の奥から現れた侍中の温漣伊殿だった。彼も帯刀して、気配をとがらせている。

「我が国の大事な王太子殿下が単身で危険な公主のもとに行くのを、放っておけるわけないだろう」

「そういうことだ――牢に放り込んだ大黄帝国の偽大使に公主の過去を吐かせたが、帝国では幾人もの暗殺者を素手で制圧し、怪物と恐れられていたとか」

暁と呼ばれた殿方はそう言うと、続けて私に問いかけた。

「なぜ我々が隠れていると分かったのです？」

「……お二人の呼吸と、剣の鳴る音で。それに殺気が満ちていますから。わたくしは、耳も目も鼻も、全ての感覚が常人より鋭いのです」

感心したように、暁殿は「ほう」と息を吐いた。

「それは面白い。『化け物公主』と名高いあなたと、是非ともやり合ってみたいものだ」

割り込んだのは星狼殿下だった。

「暁、ふざけるな！　漣伊もだ！　桃英様を危険人物などと……！」

「危険だろう。常軌を逸した力を持つのに、それを隠していたのだから」

暁殿は容赦なくそう言い切った。

「この公主が帝国の送り込んだ間者や刺客ではないとなぜ言い切れる？　殿下の寝首を掻こうとやってきたのかもしれないぞ」

殿下は絶句したけれど、私は驚かなかった。これまでも、私は常に警戒されてきたからだ。「力で朝廷を支配しようとしている」「新帝をおどして操っている」とまで噂されていた。

「お二人は、忠義に厚い臣でいらっしゃいますね」

私は無理をしてにっこり笑ってみせた。

「それほどにわたくしを警戒しているのに、たったお二人で殿下を守るためにいらっしゃったんですもの」

この国に未練を残したくないから、からりと笑わねばならない。

「ご安心ください、わたくしはこの国を出ていきます。熹李――大黄帝国の皇帝陛下にはうまく説明しま……」

私の言葉を、「いい加減にしてくれ」という静かな怒声が遮った。その怒りのまま、殿下が立ち上がって私に言う。

「桃英様、俺の許可なく俺の妃の処遇を決めないでいただきたい」

「せ、星狼殿下……？」

その強引な言いぶりに唖然としているうちに、殿下は今度は二人に怒気をぶつけた。

「だいたい悪いのは全てお前たちだ！　ここは俺の妃の寝所だぞ！　俺以外の男が立ち入って許されると思うなよ！」

二人はぎょっとした顔をした。

私も同様に驚いている。殿下はいつだって余裕たっぷりに振る舞う方なのに。

けれどすぐに温侍中が反論した。

「今はそういう話をしてる場合じゃ」

「この阿呆どもが！」

殿下は吐き捨てた。

「桃英様が危険人物？　力を隠していたから？　では、なぜ桃英様がそれをやめたと思っているんだ⁉」

「なぜ……？」

言い淀む温侍中に、殿下は断言した。

「紫薇を救うためだ。あの時、熊が向かう先には彼女がいた。彼女を助けられるのは桃英様だけだったんだ！」

殿下の勢いに二人は圧倒されていた。

「桃英様によこしまな気持ちがあったのなら、わざわざ妃を救うために力を使うわけがないだろう！」

そこまで言い切って、星狼殿下は私に視線を向けた。

どきり、と胸が跳ねる。

彼の銀の眼差しに目を奪われた。

そこには、かつて「あなたを守る」と言ってくれたぬくもりが変わらず宿っている。

「この無礼な二人のおかげで、桃英様の心の内が少しだけ分かった気がします」

彼はためらいがちに微笑んだ。

「そのお力を隠していたのは、これまでも、こうして恐れられてきたからなのですね。だからこそ、ここでは力を振るうことなく、ただ穏やかに暮らしたかったのでしょう？」

言い当てられ、一瞬頭が真っ白になった。

殿下はさらに言葉を継ぐ。

「だから『普通』にこだわっていたのですね」

鼻の奥がつんとする。

堪えることができず、涙と言葉がこぼれていった。

「そうです……隠していて申し訳ございません。わたくし、本当に本当に、この国で『普通』の妃になりたかったのです……ただ、それだけだったのです」

「ええ」

彼は寝台のそばに跪くようにした。そして私に手を伸ばす。

「桃英様、ありがとうございます。紫薇を、俺の民を救ってくれて」

強く優しい力が、私の怪我をしていない方の手をとる。

「この国から出ていくなどと言わないでください」

「殿下……でも」

ちらりと彼の背後を見た。温侍中と暁殿が唇を引き結んでいる。

「桃英様、ダメです。俺だけを見てください」

そう言いながら、殿下は大きな掌で私の頬を包んだ。

私の視界は否応なく星狼殿下に支配される。

「俺は、あなたに俺の妃でいてほしい。己を犠牲にしてでも他者を救おうとする、勇敢で優しいあなたに」

彼は視線を下げる。

「臣下の非礼については、俺から陳謝させていただきます」

「そんな、謝ることでは……」

くすりと殿下は笑う。いつもの余裕の笑みだった。

「さすが桃英様はお優しいな。こんな阿呆どもにも情けをかけてくださるとは」

では、と軽い調子で彼は続ける。

「情け深い公主様に、もう一つ俺の願いを聞いていただきたい」

彼は私の顔を覗き込んだ。銀の瞳が切実に揺れる。

「翠母殿でのような無茶はもうおやめください——いや、あんな無茶はもう俺がさせません」

何度でも申し上げましょう、と彼は私の額に自分の額を寄せた。

「この国では、俺があなたを守ります」

翌日、夏泉は真顔で私に言った。
「私、王太子殿下を見直しました。『顔だけ王太子』という言葉は謝罪とともに撤回させていただきます」
私の傷を手当てしながら、彼女は半ば興奮気味に言う。
「昨日の殿下は本当に素敵であらせられました。あの方なら桃英様をお任せできると決断した熹李様——皇帝陛下はさすがでございます」

「う、うん。そうね」

どんどん頬が熱くなる私にはお構いなしに、夏泉の言葉は続く。

「あのような方を『懐の深い男』と言うのでしょうね。大黄帝国にはあんな度量の大きな方いらっしゃいませんでした。翠山ごとき小国の王太子、と正直舐めてましたけど、あんなに立派な方だったとは。しかも顔も声もいい」

「……夏泉、なんか胸が痛い」

彼女はハッとした。

「腕以外にも悪いところがありますか」

「いや、なんだか心臓がうるさいの。どくんどくんと脈打って、痛いくらいに」

夏泉はきょとんと目を丸くした。その後、唐突に笑いを堪えるような変な顔になる。

「え……なんなの、その顔？」

「桃英様、そのお胸の痛みはですね……」

その顔のまま夏泉が解説を始めようとした時、来客が告げられ、私たちは慌ただしく身だしなみを整えることになった。

百花殿を訪ねてきたのは史淑妃と温賢妃だった。

入房するなり淑妃は頭を下げた。

「公主様、昨日はわたくしの命を救っていただき、真にありがとうございました」

下女のように頭を下げる淑妃に、こちらが恐縮してしまう。

「おやめください。別に特別なことをしたわけではないのですから……それにわたくしも邸をお貸りし、ご迷惑をかけましたし」

「何をおっしゃいます。公主様がいなければわたくしは間違いなく死んでおりました」

温賢妃が彼女の隣で頷いた。

「あのとき私も翠母殿から動けずにおりましたから、公主様は私の命の恩人でもあります。本当にありがとうございます」

夏泉が促すと、二人ともこだわりなく卓に着いた。それが私には意外だった。

「あの……お二人ともわたくしが怖くないのですか？」

殿下の腹心たちは武装して私と対峙したのに、丸腰で私と向かい合う彼女らはなんと恐れ知らずなのだろう。

温賢妃は悪戯っぽく笑った。

「私は何も見ておりませんし」

「そういうことでは……」

「公主様、私は『見る』ことができませんが、公主様のことは私なりに存じ上げているつもりです」

彼女の両目は今日も黒い布で覆われている。もし今その瞳を見ることができるのなら、きっと温かな眼差しをしているだろうと思った。そのくらい親しげな声音だった。

「私は生まれつき目が見えないために、名門温家のお荷物でございました。ずっと家の奥に閉じ込められて、ないものとして扱われていたのです」

彼女はつらい過去を淡々と語ってくれた。

「あそこに控えている侍女と、書物だけが私の友でございました——一族の中では従弟の漣伊殿だけが私を気遣ってくださっていました。ただ、彼はお忙しい方ですし……私と侍女は孤独だったのです。でも」

彼女は微笑む。

「この後宮で、私は公主様と出会うことができました。実は、最初は妃の皆様と交流するつもりはなかったのです。目の見えない自分が妃だなんて畏れ多いと思っておりましたから。だから公主様に意地悪をしたのです」

「意地悪？」

「邸にご招待いただいたのに、我が鸞鳥殿に招き返したことです」

「……そういえば」

温賢妃は苦笑した。

「あのような不敬をいたせば、公主様は怒って私との縁を切ってくださると期待していたのです」

私は驚く。賢妃はそんなことを考えていたのか。

「でも、公主様はこだわりなく鸞鳥殿に足を運び、しかも目の見えない私を労って手を握ってくださったでしょう」

ふふ、と彼女は少女のように笑った。

「それがどれほど私にとって嬉しいことだったか、お分かりになりますか？　私は公主様がどんなお姿をしているのか分かりません。でもあなたが春の花のような方だというのは分かります。暖かな陽光と共に芽吹いて綻び、誰をも笑顔にしてしまうような」

「賢妃……」

胸がいっぱいでなんと答えていいのか分からなかった。嬉しい、という言葉では足りないくらい、胸が熱い。

「私が存じ上げている公主様は、そういう方です。怖いはずがありません」

「ありがとう……ございます……っ」

自分の力を明かしてしまったら全てを失うのだと思っていた。こんな風にほかの妃たちと『普通』にお茶を楽しむ時が訪れるなんて、思ってもいなかった。

二人の帰りを百花殿の門前まで見送った。温賢妃は言う。

「今度は劉徳妃も誘って参ります。四人で楽しく過ごせたらいいですわね」

たしかに素敵な提案だが、さすがにそれは難しい気がした。

「劉徳妃にも楽しんでいただけるでしょうか……わたくし、元々あまり好かれていないようでしたし、ましてやこんな公主だと知られて……」

「涼様は何を考えているのか分からないところがおありなのですよね」

困り顔の史淑妃に、私は尋ねる。

「以前から劉徳妃とお知り合いなのですか？」

「はい。劉家と我が史家とは古くから付き合いがございますし、王家の嶠家を交えて交流がございまして……」

それだけ言うと、淑妃は何かを考え込んでしまった。沈み込むような眼差しをしている。

「公主様」

史淑妃は凛と背すじを伸ばした。

「改めてお礼を申し上げます。此度は命をお救いくださりありがとうございました」

「は、はい」

突然かしこまった謝辞を述べられて、私も襟を正した。そしてどきりとする。

淑妃はかつてないほど厳しい眼差しを私に向けた。威厳に満ちた気高い表情だった。

冷たい風にのって、香が薫る。

「あなた様は星狼殿下の妃。妃にふさわしい振る舞いをなさってください。今後はわたくしの命よりも、殿下の、そして己の命を最優先になさいませ」

「それは一体……」

「正直に申せば、わたくしはあなたのような方が星狼様の妃であることが、不安です」

強い言葉に背すじが震えた。

「約束してくださいませ、公主様。決して軽率な真似はしないと」

「……はい、分かりました淑妃」

私が誓うと、彼女はやっと瞳を和らげた。型通りの挨拶をして帰っていく。

彼女が残した香りに包まれて、私の頭は混乱した。

私のような『化け物公主』が妃でいるのを、史淑妃が恐れる気持ちは理解できる。

でも、ならばどうして彼女は私の命まで大切にせよと言ったのだろう。彼女の真意がつかめず、心の中がざわざわと落ち着かなかった。

星狼殿下も温賢妃も、腕が治るまでたびたび私を見舞ってくれた。
力が明らかになっても、こんな風に接してくれる人たちがいることを私は奇跡のように

感じていた。

もちろん、誰からも受け入れられたわけではないけれど。

「桃英様、また侍女が一人いなくなったようです」

就寝前、夏泉が言いづらそうに報告してくれた。私はため息をついた。

「そう、また逃げちゃったのね……余計に夏泉に負担がかかっちゃうね。ごめんね」

「私のことはいいですが、さすがに人手が足りません」

あの熊騒動のあと、私に仕えていた者たちの何人かがこの百花殿を去ってしまった。なんやかやと都合を作って暇を告げる者だけでなく、何も言わずに消えてしまう者もいた。

私みたいな化け物公主に仕えるのが怖いのだろう。

先日、事態を憂慮した殿下が侍女を補充した、その矢先のことだった。

ここに来る以前のことを思い出さずにはいられなかった。皇帝である熹李ですら、私を排除する動きを止められなかった。どんなに大きな権力を持とうとも、人の心を完全に御することはできない。それを私はよく分かっている。

けれど、事実として知っていることでも、直接見聞きするのは想像以上に心に堪えるのだと、私は翌日に学ぶこととなった。

その日、私は井戸の水を汲もうと庭に出た。侍女が減っているので自分でできることは自分でやろうと決めたのだ。

そこで、宮女たちが三人、私に気づかずひそひそと囁き合っていた。

「いいわよね、逃げられる人は」

「私たちだってあんな公主様、怖いのに」

「帰るところがあるなら私だってとっくに逃げてるわよ」

ひゅっと血の気が引く。慌てて植栽の陰に隠れた。

心が痛むのは、私と同じように帰るところのない宮女が怯えていることだった。居場所がない彼女たちが恐怖に慄き震えながら自分に仕えているのだと思うと胸が痛む。

どうしよう、と私は苦悩した。そこに凛とした声が響いた。

「あなたたちの会話、来客にまで聞こえているよ」

声の主は獅子の刺繍の深衣を翻し、颯爽と現れた。

劉徳妃だった。すぐ後ろに恋人の桂鈴も控えている。

「も、申し訳ございませんっ！」

宮女たちはその場に平伏した。主への不満を聞き咎められた彼女たちは顔面蒼白だ。

「り、劉徳妃、あの、先ほどは、その」

宮女の一人が申し開きをしようとして口をぱくぱくさせている。見ていられない。彼女たちが徳妃に叱責される前に、助け舟を出さねば。

けれど徳妃は意外にも彼女たちを優しく抱き起こした。

「心配しないで、私はあなた方に罰を与えようというわけではない」

桂鈴と共に三人を近くの椅子に座らせて、劉徳妃は彼女たちを落ち着かせた。

「あなたたちは公主様を恐れているのだね」

宮女たちの無言は、肯定を意味していた。

「それは仕方がないことだ。人間は自分の理解できない者に嫌悪を抱き、遠ざけようとするもの。あなたたちのその気持ちを否定はしないよ」

劉徳妃は宮女たちの間に腰掛けて優しく語った。男装の麗人の甘い言葉に、彼女たちの瞳は蕩けたようになっている。

「だがこれだけは覚えておいてほしい。星狼殿下も、そしてこの私も、公主様のことを恐ろしい方だとは思っていない」

言い切った徳妃の迷いのない表情に私は驚いた。徳妃が、私を庇ってくれている？

「彼女は大黄帝国の公主様だ。我々と異なる並外れたお力を持つのは、当然だと思わないか？」

「は、はい……」

彼女たちはひとまず頷いた。

「大きな力をお持ちにもかかわらず、公主様はこれまでそれをひけらかすことも、他者をおびやかすこともなかった。唯一傷つけたのは襲ってきた熊だけだよ」

茶目っ気たっぷりに徳妃が片目を瞑ると、いよいよ三人は頬を赤くした。

「立派な心映えだと私は思う。どうだい、まだここで働くことができるなら、続けてみてはどうだろう？　今は恐ろしい方だと感じていても、きっといつか私のように公主様をお慕いする時が来る。私はそう確信しているよ」

その言葉に三人は頷いて、徳妃への感謝を述べて仕事へと戻っていった。

彼女たちが去ったのを確認して、徳妃が声をあげた。

「公主様、もう出てきてもいいですよ」

「……わたくしがいるのに気づいていらっしゃったのですね」

植栽の裏から出ていくと、劉徳妃は誇らしげに笑う。

「私は武人として育ちましたから、人の気配に敏いのです。公主様がそこに隠れておろおろされていることは、もちろん察しておりました」

驚きすぎて言葉が出てこなかった。先ほどの宮女たちのように自分の頬も赤く染まっているのではないかと思う。私はなんとか声を振り絞った。

「で、ではわたくしが聞いているのを知っていて『公主様をお慕いしている』なんておっしゃったのですか？」

「ええ、だってそれが本心ですから。おっと」

桂鈴が背後から徳妃に抱きついた。その頬がぷくりと膨れている。

「心配しないで、もちろん私が愛しているのは君だけだ」

恋人の膨らんだ頬を指でつつき、徳妃は私に向き直った。

「立派な心映えの方だと公主様を敬愛している。だからあなたが彼女たちに誤解されているのを見過ごせなかったのです」

「あの……わたくしは劉徳妃に好かれてはいないと思っていたのですが」

「それは私のせいです」

徳妃に抱きついていた桂鈴が、改まって揖礼をした。

「入輿した公主様がとてもお美しい方だったので、私の涼様を奪われるのではないかと、心配で」

「う、美しい……？」

「そういうことだ。桂鈴が嫉妬するので、安心させるために公主様を遠ざけていた。不快な想いをさせてしまい、申し訳なかった」

突然色々なことが明かされて私の頭は混乱した。

「だからって、どうしてわたくしを庇ってくださったのです？『敬愛』だなんて、そんな、わたくしは劉徳妃に何もしていないのに……」

徳妃と桂鈴は顔を見合わせてくすくす笑った。

「あなたのそういうところが敬愛に値(あたい)するのです」

徳妃は不意に真顔になった。

「公主様は我が風光殿(ふうこうでん)を訪れた時のことを覚えておいでですか？」

「も、もちろんです」

思い出しただけで恥ずかしくなる。あの時、私はこの二人の艶(なまめ)かしい口付けを覗(のぞ)き見(み)してしまったのだ。

「私たちの関係を知って、あなたは『殿下への裏切りだ』と叱責した——それが嬉しかったのですよ」

「い、意味が分かりません」

「分からないでしょうね……」

徳妃の表情に苦々しいものが交じる。

「これまで私たちは女同士で愛し合うことを否定され続けてきました」

私はハッとした。頷く桂鈴の瞳が悲しみに濡れている。

「公主様は私たちの関係を『女同士だから』という理由で責め立てなかった。男女の愛とまったく同じように扱ってくださった——それが嬉しかったのです」

劉徳妃は眩(まぶ)しそうに微笑んだ。

「あなたは、星狼殿下に似ていらっしゃる。殿下も、いつだって私たちの想いを尊重してくださいます」

あの、と私はずっと気になっていたことを切り出した。

「星狼殿下は劉徳妃に恋人がいると知ってなお、後宮に迎えられたのですよね？　それはいったいどういうお考えからなのでしょう？」

二人は顔を見合わせて、決意を確認し合うように頷いた。「長い話になってしまいますが」と前置きして劉徳妃は語り出す。

「私は武人を多く輩出してきた劉家の末娘として生まれました」

幼少期、徳妃は剣を振り回して遊ぶのが好きな子どもだった。成長してからも、男の子の服装でほかの兄弟と共に武術を磨きながら育ったという。

「これでも剣術は得意なのですよ。我が兄たちの中で最も剣の才に恵まれたのはすぐ上の兄、暁ですが、私は暁兄にも劣らぬ腕前と自負しておりました」

暁殿には先日お会いした。たしかに鋭い気配をお持ちの、常人ならざる方に見えた。

「暁兄は女の私とさほど変わらぬ身丈の低さ。力だって特別強くはない。腕を磨けば決して負けることはないと信じておりました。私は兄と張り合いながら武の道を進んだのです」

「私はその頃から涼様にお仕えしております」

桂鈴が誇らしげに言い添えた。

「そう、私たちが出会ったのはまだ私が一心に武の道に邁進していた十六の頃でした。桂鈴の愛らしさに夢中になって、私から口説き落としたのです」

見つめ合う二人は当時のことを思い出しているようだった。だが、すぐに桂鈴が苦しげに言った。

「けれど数年後、涼様のご婚約が決まりました」

すぐに察しがついて、私も胸に痛みを感じた。

「それが星狼殿下との婚約ですね？」

二人は頷く。再び話し出した徳妃の声は沈んでいた。

「私は二重の意味で衝撃を受けました。桂鈴ではない者と結ばれねばならぬこと。そして、父にとって私が政略結婚の駒でしかなかったということ。私は自分が貴族の娘であるということを理解できていなかったのです」

唇を噛む劉徳妃に、桂鈴がそっと寄り添った。

「……星狼殿下は王の実子。見目麗しく、その時すでに当代一の剣の使い手になると評価が高まっていた。私のような『男まさり』でも、殿下が相手なら納得しないわけはないと、父も兄たちも考えていたようです」

劉徳妃はふっと笑った。

「何度か星狼殿下と対面させられました。ほとんど顔も上げず冷たい態度を貫いたのに、殿下は笑顔を絶やさずに接してくださった。お優しい方だ。あの時の私は、その貼りつけたような笑顔に余計腹が立ったが」

「それは、わたくしにもよく分かります」

私は頷いた。ここに入輿した直後は、私も殿下のあの笑顔を胡散臭く思っていたから。

「とにかく私は星狼殿下と結婚しようとは思えなかった。それで父に食ってかかったのです──私は人の妻とはならずに武の道を貫きたい、それを認めてもらえぬか、と」

そう言い放った劉徳妃に対し、父君は「ならばその剣の腕を見せてみろ」と要求したのだという。

「私と、暁兄の試合が行われました。その時私は十八。体つきは完全に女のものとなっておりました。そして、ずっと対等だと思っていた暁兄に、完膚なきまでに敗北したのです」

衝撃でしたよ、と劉徳妃は笑った。痛みを堪えるような、不自然な笑顔で。

「全然勝てなかったんです。背格好も、技術も大して変わらないと思っていた暁兄は──男でした。速さも、力も圧倒的だった。そして私は『か弱い』女だったのです」

どんな言葉をかけるべきなのか私には分からなかった。

「それで、なんというか……私は折れてしまったのですよね」

徳妃は言葉を選びながら話を続けた。

兄に負けたことで、劉徳妃と星狼殿下の婚約が正式に成立した。しかも、劉徳妃が自失したように過ごすうちに婚儀が執り行われたのだという。

　そして、新婚の二人は初夜を迎えることになった。

「けれど、どうしても私の心はその事実を受け入れられなかった。その日、私は覚悟を決めました――やっぱり桂鈴以外は愛せない。自分は、殿下の妻になることはできない、と」

　徳妃は恋人を強く抱き寄せた。

「まもなく星狼殿下がお渡りになる、という時に、私は桂鈴と共に庭の池に入水しました」

　あまりのことに息が止まった。

「そんな……では、徳妃は自ら命を絶とうとされたのですね。桂鈴殿と一緒に」

　二人は静かに頷いた。そして苦笑いを交えながら徳妃が続けた。

「でも間抜けなことに、星狼殿下ご自身に救われてしまったのです」

　夜が迫る薄暗い中庭で、劉徳妃は水から引き上げられた。桂鈴も、星狼殿下に付き従っていた温漣伊殿に救われていた。

　――なんでこんなことを。

　怒りと悲壮の交じり合った声で、星狼殿下は己の婚約者を叱責した。かつてないほど混乱した様子で。けれど、状況が『心中』を示すことに気づいた殿下は、地に頭を擦りつけるようにして徳妃に願ったのだという。

——あなたが俺と夫婦になりたくないということは、よく分かった。そうならずにすむよう、俺がなんとかする。だから、頼むから自ら命を絶つような真似はやめてくれ……！

「それで殿下は、本当になんとかしてくれたのです」

数カ月後、星狼殿下は自宅に軟禁されていた劉徳妃のもとを訪れた。そして同席を許された桂鈴と共に、思いがけない提案をされたのだ。

——俺は後宮を開くことにした。涼、あなたは俺の妃の一人となりなさい。

劉徳妃は混乱した。殿下の言うことが最初はよく理解できなかった。

——形だけの妻でよい。後宮には数名の妃を迎える。あなたはそのうちの一人だ。後宮に入ったあとは、俺はあなたに干渉しない。そこの女官と静かに暮らせばいい。

劉徳妃の瞳が揺れた。静かな湖面のように。

「星狼殿下は、殿下と私の婚約を形を変えて成立させ、王家と劉家の対面を保ったまま、私たち二人の心を守ってくださったのです」

そこまで聞いて、私は胸がいっぱいになった。

「……では殿下は、徳妃と桂鈴殿をお救いするために、後宮を復活させたのですね」

劉徳妃は頷いた。ただし、と付け加える。

「正確に言うと、私たちのためだけではありません」

「え？」

「温賢妃です。公主様もご存じの通り、彼女は盲目だ。それゆえ実家の隅に押し込まれ、ほとんど誰にも顧みられず暮らしておられた」

温賢妃自身からも聞いていたが、その暮らしは私が考えていたよりも悲惨だったようだ。

「我が国は食糧に乏しい。そのためもあって、彼女は満足に食事も得られなかったようです。それを痛ましく思った殿下が、彼女を己の妻として後宮に引き取ったのです」

堪えられない想いが、胸からあふれてくるのを感じる。その想いが涙となって、私の頬を潤していく。

改めて自分が立っているこの場所を見回した。

目に入る殿舎は決して贅を尽くされたものではない。大黄帝国と比べれば広さでも華やかさでも劣る庭、多くはない侍女たち。

でも。

翠山国の王太子、星狼殿下の後宮——ここは世界で一番美しくて温かい、光に満ちた場所だったのだ。

次から次へと涙があふれて止まらない。

初めて殿下と対面した時、冷たく無礼な男だと軽蔑した。私を騙して後宮に押し込めた、非道の王太子だと。

だが、彼はただ後宮を――己の妃を守るために必死だっただけなのだ。

胸が苦しい。

殿下に『あなたを守ります』と言われた時からずっと痛む胸が、もっと深く脈打って、私の心のやわらかいところを締めつける。

もう、誰に説明されるまでもない。私は、この胸の痛みの意味を知ってしまった。

――私、星狼殿下が好きなんだ。

百花殿を訪れた星狼殿下が、卓上の器に頬を緩めた。

「桃英様、俺の好みを覚えてくださっていたんですね」

華やかに盛りつけた銀耳湯は、以前の茶会で殿下が一番好きだと言っていた甜味だ。

「はい、覚えておりましたし……それに、ご多忙の殿下は甘いものを欲されるかと……」

向かいに座った私の顔を、殿下がじっと覗き込んだ。

「どうされました？　いつもと様子が違うような」

「そ、そ、そんなことありませんっ」

殿下が顔を寄せてくるので、私は反射的に仰け反った。

彼の顔を直視できなかった。自覚してしまった気持ちをもてあまして、殿下とどう接すればいいのか分からない。

でも、おかげで新しい目標ができた。

「星狼殿下、お疲れでしょうし、とにかくお召し上がりくださいませ」

「そうですね。夕餉をしっかりとれていなかったので、本当にありがたい」

やはり食事もとれないほど忙しいのだ。そんな合間を縫って会いにきてくれたのだと思うと、嬉しいよりも申し訳ない気がした。

この人は優しすぎる。関わった者を誰も見捨てられず、守ろうとしている。

「殿下、今日はわたくしからお願いしたいことがございます」

食事がすんだあと、覚悟を決めて殿下と真っ直ぐ向き合った。

「めずらしいですね、桃英様からお願いだなんて……何かお困り事でしょうか」

殿下は折目正しく背すじを伸ばすと、少し緊張した面持ちで私に尋ねた。

「まさか……またここを出ていくなどとおっしゃらないでしょうね」

「いいえ。ここ数日、己のあり方について考えておりまして」

微かに首を傾げる殿下に、私は懇願した。

「星狼殿下、わたくしを殿下の護衛にしてくださいませんか」

彼の動きがぴしりと止まった。

たっぷりと沈黙を挟んだのち、殿下の口から疑問が漏れる。

「……ご、護衛？」

「はい。妃はわたくし以外にもおりますが、わたくしほどの力を持った者はそうはおりません。加えて耳も目も人より優れており、一見普通の娘ゆえ敵の目も欺けます。これほど殿下の護衛に適した者はいないと確信しております」

殿下は、ぎこちなく私に尋ねた。

「な、なぜ護衛になろうと思うのです？　後宮で『普通』に暮らすのがあなたの望みでございましょう？」

「はい。でも、今はそれ以上に星狼殿下のお役に立ちたいのです。殿下は一人で何もかも抱えすぎです。わたくしが殿下の近辺の警護を行えば少なくとも安心して……いえ、それともこんな怪力公主がそばに侍っていたら余計に不安ですか？　わたくしは」

「桃英様」

星狼殿下は私の言葉を遮った。

「ちょっとその場に立ってくださいますか」

「え？」

戸惑いつつ立ち上がると、殿下は卓のこちら側に回ってくる。「約束を破ってばかりで申し訳ないのですが」と、意味の分からない断りを入れた。

そして、私を引き寄せ、腕の中に抱きしめた。

「あ、あの……⁉」

星狼殿下の大きな体にすっかり包まれて、一気に体温が上がっていく。

「で、殿下⁉　これは、その、いったい……？」

何事かと混乱する私に、殿下は「まったく困った方だな」と呆(あき)れるように息を吐(は)いた。

その吐息(といき)が耳をくすぐって、心臓が跳(は)ね上がる。

彼は言い聞かせるような調子で告げた。

「桃英様が俺に害をなすなど、俺は欠片(かけら)も疑っておりません。こうしておそばにいてもなんら恐(おそ)ろしくなどない。ご理解いただけますか？」

「わ、分かりました！　よく分かりましたから、離(はな)してくださいませっ！」

「嫌(いや)です」

星狼殿下がいっそう力を込めて私を抱きしめる。

「あなたは俺の言ったことを忘れてしまったのですか？」

「え？」

「俺があなたを守ると、申し上げたでしょう」

胸がいっぱいで喉(のど)が詰(つ)まった。忘れるはずがない。

「でもわたくしは強いし、頑丈(がんじょう)ですし」

「はあ……まったく何も分かってくださらない」

そう言うと、彼は私を抱き上げた。

「え、ちょっと殿下！」

「そうそう、しっかり俺にしがみついてください。頼(たよ)ってほしいのは俺の方なんですから」

殿下は軽々と私を抱えたまま、長椅子に腰掛けた。彼の膝にのせられ、離してもらえない。

「桃英様……俺のために心を砕いていただき嬉しいのですが、ぜひ妃として俺を支えてくださいませんか」

護衛になるとか、そういうことではなく、と彼は言う。

はたと顔を上げると、困ったような顔の殿下と目が合った。

「あなたは俺の妃でしょう？　それとも妃でいるのが嫌になりましたか？」

「ち、違います！」

「それはよかった」

そう言うと、殿下はやっと私を解放した。そしてぽそりと言葉を漏らす。

「名残惜しいですが、俺の理性にも限界があるので……」

「え、なんですか？」

勢いよく長椅子から離れたせいで彼の言葉を聞き逃してしまった。

「いえなんでもありません」

澄ました顔で彼は微笑む。

先ほどからその言動に翻弄されてばかりの私に対し、殿下は今も余裕綽々だ。私はきっと、この人にはずっと敵わないのだろう。

　長椅子の端に私が落ち着くと、殿下は改まって言った。

「というわけで、俺の妃であり帝国公主でもある桃英様にご相談をしてもよろしいでしょうか。実際、難儀していることがございまして……」

「なんでしょう？　なんでもお聞かせくださいませ！」

　私は身を乗り出した。力になれることがあるなら嬉しい。

「朝貢品のことです」

　開国に際し、翠山国と大黄帝国は交易——朝貢を再開する。その相談だと知り、気持ちが引き締まった。

「桃英様も薄々お気づきだとは思いますが、我が国は食糧事情が不安定です」

「それは……わたくしも気になっておりました」

　飢饉がありませんように、と祈る温賢妃の切実な声音や、劉徳妃の話が思い出される。

「我々が開国を決意したのは、もはや我が国の自給力では安定して人口を養えないと判断したことが大きい。翠山は帝国から食糧の輸入を行いたいのです」

　私は頷いた。百年以上続いた鎖国をやめることにしたのは、そういうことだったのか。

「ですが、残念ながら我が国の産業にはこれといって誇れるものがありません。そんな事情から、朝貢品の品目と量で帝国と折り合いがつかないのです。こちらはなるべく多くの食糧を手に入れたい。そのために差し出せるものは差し出す覚悟――が、そもそも差し出すものがない」

「なるほど」

私はしばらく考え込んで、情けない気持ちになった。

「あの、殿下……わたくし、この国のことを何も知りません。帝国では宮城で過ごしたことも民に交じって暮らしたこともありますが、翠山のことは後宮しか知らないのです」

「たしかにそうですね……それでは助言のしようもないな」

せっかく殿下の力になれる機会だと意気込んだのに。

殿下は顎に手をやって考え込むと、突然いつもの笑みを浮かべた。

そして、思いがけないことを言う。

「では桃英様、俺と一緒に各地を巡りませんか？」

「すごい……一面の雪景色」

馬車から下りた私の目の前には、純白の雪原が広がっていた。空は高く澄んで雲一つなく、まるで世界に白と青の二色しか残されなかったかのようだ。

雪原の遥か遠く西の方角には、山々がのびやかに連なっている。鉤形に一部が削れた山や、てっぺんが平らな柱のような山など、個性豊かで見応えがあった。

「美しいでしょう？　この景色をぜひ桃英様にご覧いただきたかったのです」

先に下車していた星狼殿下が隣に招いてくれた。

私たちは、翠山北部の町、羅郷を馬車で目指していた。殿下直々にこの国を案内してくれるという。

慣れない革の長靴と深雪に苦戦していると、さりげなく殿下に手を引かれた。手袋をしているから直に触れ合ったわけではないのに、それだけで胸が反応する。

あくまで開国交渉の一助となるべく殿下に各地をご案内いただくだけ。それなのに、共にこうして遠出をすることが嬉しかった。

「夏はここに緑の海原――広大な草原が現れます。北部は遊牧を生業とする者たちが多く暮らす地域です」

「はい、北部は徳妃のご実家である劉家の領地だとお聞きしています」

ご存じでしたか、と殿下は意外そうにしている。

「最近、徳妃と――それに恋人の桂鈴殿と懇意にしていて、故郷のことを教えていただいたのです。実は劉徳妃の入宮の経緯も、ご本人から伺いました」

殿下は一瞬目を見開いて、すぐに目もとを緩めた。

「さすが桃英様。真心からの友情で結ばれる後宮――それを実現しつつあるのですね」

大仰な褒め言葉に、たじろいでしまう。

「すごいのは劉徳妃と佳鈴殿です。わたくしの力を恐れぬと言ってくださいましたから」

「桃英様が信じるに値する方だからでしょう。さあ、馬車に戻りましょう。さすがにここは寒すぎる」

羅郷に到着すると、門前で見たことのある顔に迎えられた。

「星狼殿下、公主様、遠方よりのお越し、真に痛み入る」

堅苦しい揖礼で迎えてくれたのは、劉徳妃の兄で、国軍随一の剣の使い手だという劉将軍だった。

「公主様、正式なご挨拶が遅くなり、失礼いたしました。将軍職を拝命している劉暁と申します」

彼は私に深く頭を下げた。

「先日は不躾に寝所に踏み込み、大変な非礼を働きました。あわせてあらぬ嫌疑をかけたこと、心より謝罪いたします」

「大黄帝国公主の范桃英です。どうか面を上げてください。劉将軍は殿下の臣として当然のことをしたまでですから」

顔を上げた将軍は射抜くように私を見据えた。妹の劉徳妃と同様の涼やかな目もとをしていて、眼力が強い。

口では謝罪したとしても、彼はいまだに私の力を脅威に思っているのだろう。

「おい、暁」

突然殿下が剣呑な声で私たちの間に割って入った。

「ど、どうされました？」

私の問いには答えず、殿下は劉将軍に言い放つ。

「俺の妃をじろじろ見るな」

「……ふっ」

劉将軍は口許だけを微かに歪めて笑った。

「手出しなどしませんよ。殿下はいつからそのように心配性になったのです？」

「うるさい。とにかく邸へ案内してくれ。ここは寒すぎる」

お二人の気安いやりとりの意味がよく分からぬまま、私たちは邸に案内された。

羅郷は草原の中にぽつんと建つ町だ。劉家の邸で劉将軍がその成り立ちを説明してくれる。

「最初はただの市だったそうです。草原で放牧の暮らしをする者たちと、農耕を営む者たちの交易の場だった。やがて周囲に定住する者が増えたため、丘をぐるりと囲むように城壁を築いて町とした。我が劉家の祖先は町づくりを主導し、この地の領主となりました」

星狼殿下も付け加える。

「遊牧の民は馬に乗り慣れていて戦に強い。ここ北部は優れた将兵を多く輩出する土地柄。暁もこの若さですでに将軍職についているし、剣の腕も国軍一だ」

その紹介に、劉将軍は苦々しい顔をした。

「殿下に褒められても馬鹿にされているようにしか感じられない――殿下、約束通り邸を提供した褒美に、必ずお手合わせいただきます。そろそろ勝ち越さねば、劉家の名折れだ」

分かってるよ、と殿下は苦笑して私に言った。

「俺はしばらく暁の相手をします。桃英様はこちらでゆっくりお休みください」

星狼殿下と劉将軍は何事か会話を交わしながら部屋を出た。二人のやりとりが微笑ましい。主従というよりは友人同士という感じだ。

二人と入れ替わるように、夏泉と劉家の使用人たちが現れた。荷を運び込む彼女たちの邪魔にならぬよう、奥――私の寝房になるところに移動した。

劉家が用意してくれたのは、敷地の一角にあるこぢんまりとした建物だ。寝所となる房が三つと、大きな卓が中央に据えられた客間のようなところがある。

寝房にはすでに褥が設えられてあった。羽毛の布団を重ねた褥は、一人用だ。

殿下はこの巡啓の間も、私と共寝しようとはしない。

それはきっと、私が以前、殿下を拒んだからだ。

星狼殿下と初めて百花殿で過ごした夜、私の体は強張って、妃としての務めを果たせなかった。それゆえ、殿下は私に一人の褥を与えてくれるのだろう。

今になって思えば、あの時は殿下を好ましく思い始めていた矢先だった。だから政略結婚だと割り切れず、かといって彼の胸に身を任す覚悟も固まっておらず、とにかく混乱していたのだ。

今の私はあの時とは違う。

でも、私はそれを彼にうまく伝えられないでいた。


翌日、殿下は羅郷の西、牧畜民の冬営地を案内してくれた。

馬で移動すると告げられた時、私は少々困ってしまった。

「星狼殿下、わたくしは馬に乗ったことがありません」

帝国の公主が馬を操ることはない。私は『普通』の公主ではないが、やはり馬に乗ったことはなかった。

　殿下は首を傾げた。

「それは……一周回って意外ですね。一般的な公主様がやらないことこそ、桃英様の得意分野かと思っていました」

　極端な想定をされていたようだが、あながち間違ってもいないから反論できない。

　殿下は笑った。

「ではご一緒に乗りましょう」

「え？」

　というわけで、私は今、殿下に背中を預ける格好で馬に乗っている。薄く雪が残る道を、暁殿や劉家の使用人に先導されながら駆けていた。

「寒くありませんか？」

　気遣う声が背後から投げかけられるのだが、どちらかと言うと暑いくらいだ。上半身が殿下と密着していて、とにかく胸が騒いで落ち着かない。

「桃英様、聞こえていますか？」

「あ、はい、大丈夫です！　わたくし、移動住居を訪れるのは初めてなので、楽しみになってぼーっとしてしまって」

「それはよかった……ほら、桃英様、見えてきましたよ」

殿下が指し示す方には、こんもりとした円形の白い家屋が集まっている。

「あれが包ですね！　名前の通り饅頭みたい！」

「そうですね。中を見せてもらいましょう」


白一色の住居の中にお邪魔し、私は目を瞠った。

「すごい、内側はこんなに鮮やかなんですね」

包の屋根を支える骨組みは剝き出しで、中央から放射線状に広がっている。その構造自体も面白いのだが、何よりも目を惹くのは壁を覆う色彩豊かな織物だった。紋様も精緻で、蔦が這う唐草紋様や鷲など動物の意匠が目を楽しませてくれる。

「それに全然寒くない。こんなに暖かいとは思いませんでした」

私の感想に殿下も頷いた。

「この毛織物が外気を遮っているそうです。夏には取り外し可能だとか」

「美しいだけでなく実用的なのですね」

感心する。生活の知恵、というやつだ。

「殿下、公主様」

包の外から劉将軍に声をかけられる。

「お食事をご用意した。隣の包に移動していただきたい」

私たちは絨毯に直接腰を下ろし、普段この集落の人たちが食べている食事をいただいた。

黄油を混ぜたお茶——風味が独特でやや飲むのに苦戦したけど、体が芯から温まった——や、そのお茶を含ませこねて食べる糌粑が供された。糌粑は裸麦の粉から作る、この地の人たちの主食なのだという。

給仕してくれた女性たちの髪形にも興味を引かれた。

彼女たちはごく小さな玉飾りを連ねて髪に編み込んだり、宝玉をあしらった円形の髪飾りを頭にのせたりしている。

髪飾りを見せてほしいと頼むと、一人の女性が自分の包から持ち出してきてくれた。被っているものを気軽に着脱できるわけではないらしい。改めて手もとで見ると、碧や朱の色遣いに存在感がある。

「以前殿下が私にくださったものにも似ていますね」

それは翠山に入輿した直後にいただいたものだ。

「珠子の髪飾りですね。こちらでは比較的ありふれたものですが」

「そうですか……」

見慣れていない者に美しいと感じさせるのは、すごいことではないだろうか。

この地域の食事をなかなか舌が受けつけないのは食べ慣れないからだ。それなのにこの髪飾りの美しさは、大黄帝国で生まれ育った私にも伝わる。

それはこの包を覆う毛織物にも言えることだった。

「殿下、現在朝貢品の候補となっているのはどんなものですか？」

「まずは西の鉱山でとれる銀です。だが年々産出量が減っているので、交易品の主力にはしたくない。あとは羊毛と毛皮です」

うーん、と私は首を捻った。

「殿下、羊毛ではなく、この包を覆う絨毯や毛織物を交易品に加えてはいかがでしょう？」

私たちが今座っている絨毯は狼を模した紋様が並ぶ、味わい深いものだ。

「毛織物ですか？　ですが機織りの技術は帝国の方が優れているのでは？」

「でも、この意匠はわたくしから見ると独特で目新しいのです。贅沢に飽いた帝国貴族の目にも留まると思います」

そうだ、と私は手を叩いた。

「銀や羊毛のような素材そのものではなく、加工品を交易品に加えましょう」

ふむ、と殿下は考え込んだ。

「……帝国公主である桃英様に我が国の工芸品をご評価いただけてとても嬉しいのですが、さすがに交易品にするほどの量は生産できそうにないな」

「殿下、それでいいのです。むしろそこを売りにしましょう！」

私は街の甜味のお店で身につけた商魂を発揮した。

「大量に作れないものは希少価値が高いのですから、その分値を吊り上げればいいのです。高価な方が帝国貴族が食いつく可能性があります。彼らは安物には目もくれませんから」

殿下は私の勢いに唖然とする。

「そういうものですか？」

私は頷く。

「……分かりました。いただいたご意見を官にも諮ってみます」

それまで為政者の眼差しをしていた殿下が不意に目もとを和らげた。

「桃英様は俺にないものをたくさん持っていらっしゃる——あなたが俺の妻でいてくれて本当にありがたく思っています」

「……っ！　こ、こちらこそ、その、ありがとうございます」

率直な言葉が嬉しくて、返答がしどろもどろになってしまった。

自分がどんどん殿下を好きになっていくのを感じる。そしてそれを彼に伝えたいという想いも、同時に強くなっていた。

羅郷の劉家の邸に五日滞在したあと、私たちは次の目的地に出発した。

いくつかの町で体を休めながら馬車を乗り継ぎ、東部の離宮に到着したのは三日後。

丘の上の離宮からは、翠山最大の穀倉地帯の一つだという平原を見渡すことができる。

「ここは我が嶋家の別邸です。離宮とは名ばかりの小さな邸ですが、その分おくつろぎいただけると思います」

殿下のそんな紹介を聞きながら、丘の上にそびえる楼閣に案内してもらった。そこから見える景色は壮観だ。

平原の中央を川が下り、その左右に見渡す限り農地が広がっている。すでに収穫は終わり、次の春を待つばかりだけれど、ここに黄金の麦の穂が実ればさぞ美しいだろうと想像が膨らんだ。

「ここは冬でも比較的暖かい。幼い頃はよくここで新年を迎えたものです」

懐かしむように言う殿下に、私はずっと気になっていたことを尋ねた。

「あの、本当にここで……わたくしと春節を迎えてよろしいのですか？」

明日は一年の最後の一日、大晦日だ。

一般的に新年の始まりは親族一同で迎えることが多く、その祝祭日を春節と呼ぶ。殿下のご家族――ご父母である国王陛下や王后殿下と過ごさなくてよいのだろうか。

「春節を自分の妃と過ごすのはおかしなことでしょうか？」

殿下は私の問いに、いつもと変わらぬ笑みで答えた。以前のようにその笑みを胡散臭いとは思わなくなったけど、美しい笑顔からは真意がつかめない。

「国王陛下は南のもっと温暖な地で療養中です。母上もそれに付き添っています」

「お見舞いにいかなくてよろしいのですか？」

殿下は苦笑した。

「母上に『開国を成すまでは顔を見せるな』と命じられていますから。我が母は剛毅な性分でして」

「そうなのですか」

星狼殿下の母君はずいぶんと潔い方のようだ。

「ですので、ここにいるのは嶋家の使用人と我々二人だけ。静かでつまらないかもしれませんが、たまにはゆったり過ごすのもいいでしょう」

翌日、殿下は領内を案内してくれた。馬車を下り、どこまでも続くような農地の間を散策する。冬晴れの薄青の空に、ゆったりと雲が流れていく。

翠山国の主食はこの平原でとれる麦が中心だが、南部のさらに温暖な地域では稲も育つらしい。東と南、二つの地域が翠山の人々のお腹を満たしている。

「どちらの実りが欠けても途端に食は貧しくなります。俺がまだ幼かった頃、深刻な飢饉がありました。この時は麦も稲も同時に不作だった」

その話は劉徳妃もしていた。日陰に押し込まれていたとはいえ、大貴族の娘である賢妃ですら満足に食事を得られなかったそうだから、状況はかなり悲惨だったのだろう。

「あの飢饉を機に我々は開国を決意しました——桃英様の入輿の際にいただいた『化粧料』も半分は食糧に変えて、倉に詰め込んだのですよ」

そうか、私の入輿にも意味があったようだ。それだけでもここに来てよかったと思えた。

私たちは近くの町に移って役人の歓待を受けた。この一年の収穫量や、民の暮らしぶりを聞きとって、殿下は彼らの働きを労う。

離宮に帰る馬車の中、私は思いついたことを口にした。

「殿下、開国後は食糧だけでなく、麦や稲の種籾を取り寄せてはいかがでしょう？」

「種籾？　それはなぜ？」

「先ほど役人の方々の話を聞く中で気になったのですが、翠山の麦は帝国の麦より実りに時間を要している気がします。気候も関係しているかもしれませんが……」

殿下は一瞬驚いたあとに、真剣な面持ちで話の先を促した。

「おそらく帝国では麦の品種改良が進んでいるのです。生育期間の短縮と収穫量の向上、そして病に強い品種を作るための専門の官職があるくらいですから」

「なるほど……より優れた作物が育っているのですね」

私は頷く。

「自分の故郷のことをこのように語るべきではないかもしれませんが——帝国に依存して食糧計画を立てるのはお勧めできません」

皇帝陛下の心変わりで母様が不遇をかこったように、人と人の関係は脆い。国と国の結びつきも、しょせん同じようなものだろう。皇帝の代替わりや官僚派閥の権勢の移ろいによって、朝廷の政策は常に変化する。現在、帝国は翠山を国防上の要地として重視しているが、それが長く続く保証はない。

殿下は深く思案した。

「……桃英様は、帝王学を学ばれたわけではございませんよね？」

後ろめたい気持ちで頷く。

「もちろんです。すみません、わたくしごときが意見をして」

「ご自身のことを貶めないでください。俺はあなたに知識も為政者としての姿勢も備わっていることに驚いているのです」

「まさか」

私はぶんぶん首を振ったが、殿下は真剣な眼差しのままだった。

「ご謙遜を。それよりもまたお気づきのことがあれば、なんでも教えてください」

「あの、本当にわたくしの意見など子どもの遊びみたいなものですから……かつて熹李のそばで話し相手になっていたので、政について話す機会が多かったのです。でも、それだけです」

殿下は笑う。

「思いつきでも遊びでもいい。そこから生まれるものもあるでしょう」

承知しましたと応じると、殿下は肩の力を抜くような、やわらかな笑顔を作った。

「では、政務の話はこれでお終いです。明日は春節だ。ゆったりと楽しい語らいだけをして過ごしましょう」

その春節は、これまでの日々の中で一番穏やかで幸福な一日になった。

午までは中庭を散策したり丘を下ったり、冬の晴れ間を満喫した。二人とも身に纏っているのは縁起物の赤い衣だ。

昼餉を軽くすませたあとは、書庫を覗いてそれぞれ書に没頭した。少し疲れた頃に正房に戻るとお茶と甜味が用意されていて、つい子どもみたいに喜んでしまった。

「糍粑という、翠山ではよく食べられる甜味です。餅米粉を蜂蜜とこねて蒸し、軽く揚げてきな粉をまぶすのです。今日はお祝いの日ですから、さらに蜂蜜もかけちゃいましょう」

いたずらっぽく目配せをする殿下も、私と同様まるで子どものようだった。

もっちりとした食感と、贅沢にかけられた蜂蜜の甘さを目一杯味わう。殿下も私も口の回りがきな粉だらけになって、そんな些細なことがおかしくて二人で笑い合った。

その後、楼閣に登った。

春節の一日を照らした太陽が山間に沈んでいく。平原を流れる川面が残照を映してきらきらと輝いている。

「今日は良い一日でしたね」

欄干に腕を預け遠くを眺めたまま殿下が言った。彼の表情は凪いだ海のように自然で、声音にも繕った様子はない。

ここにきてようやく、私は彼の本当の姿に触れることができた気がした。

それが嬉しくて、胸が痛い。

「桃英様、どうされましたか?」

彼が私に向ける眼差しはやわらかい。

――ああ、私はこの澄んだ銀の瞳を知っている。多分、もっと前から。

星狼殿下はこれまでもありのままの姿を私に見せていてくれたのかもしれない――私が気づかないふりをしていただけで。

「殿下、ありがとうございます……今日はわたくしの人生で一番幸せな一日でした。殿下は、わたくしが求めていた『普通』を与えようと、このような時間をくださったのですね」

物心ついてからずっと命の危険にさらされ、化け物と恐れられてきた。

でも、殿下は私を恐れず、隣でくつろいでくれる。

――これがずっと、私が欲しかった『普通』なんだ。

今日という一日があまりに尊くて、現実のものとは思えなかった。

殿下は切なそうに苦笑した。

「桃英様は欲がなさすぎます。これからもっとたくさんの幸せを作っていきましょう」

「……はい」

殿下の何気ない言葉に、不意に涙があふれそうになる。それをぐっと堪えた。

「それに桃英様、まだ一日は終わっていませんよ。今宵は祝膳です。厨房の者たち、ずいぶん気合が入っていましたからね、楽しみに待ちましょう」

「そんな話を聞いたら、先ほど糍粑を食べたばかりなのに、またお腹が空いてきちゃいますね」

そう言って笑い合い、私たちは楼閣を下った。

祝膳をゆっくりいただいて食後のお茶を飲み干す頃には、夜が深まっていた。

幸せな一日の幕が下りようとしている。

「そろそろ休みましょうか」

殿下が言う。優しく語りかけるその声が、私にはひどく寂しく感じられた。

この離宮に滞在した数日間も、殿下は決して私と夜を共にしなかった。

妃としての務めを果たさねば、降嫁した公主として彼の子をなさねば——そんな焦りは、もはやない。

でも。

——まだこの人と、離れたくない。

殿下は黄昏に照らされた楼閣で、私のことを「欲がない」と言ったけれど。

——殿下に愛されたい。

そう、切実に願っている自分がいた。

彼は私の手をとって立ち上がり、私を寝房へと促そうとする。

「殿下」

私は星狼殿下の瞳を真っ直ぐ見つめた。

願うだけでなく、手を伸ばしてみよう。そう、決意して。

「今日は……わたくしの褥でお休みなさいませんか」

殿下の銀の瞳が揺れた。

「桃英様、それは……」

「わたくしの心が、殿下を求めているのです」

妃としてではなく、公主としてでもなく。范桃英という、私が。

殿下は息を呑んで、一瞬だけ押し黙った。そして私に腕を伸ばす。

彼は私を抱きしめた。強く、必死な力で。

「ありがとうございます……」

掠れた声でそう言って、殿下は私の体をそっと離した。

「桃英様、なんというか……嬉しいです」

困ったな、とはにかむ彼の耳が赤い。

「今日は、心を落ち着かせてくださいませんか。そして」

痛いほど真摯な眼差しで、彼は私の瞳を覗き込んだ。

「宮城に戻り、全て正式に整えた上で、桃英様のもとに渡らせてください――やがてあなたを王后とするためにも」

「……はい」

彼の腕の中に抱かれながら、私の胸がどんどん熱くなる。そして殿下の胸の鼓動も、私と同じように高まっていた。

それが嬉しくて、私はしばらく星狼殿下の胸に縋ったままでいた。

翌日、私たちは慌ただしく離宮を離れた。

開国を間近に控えた年の始まりだ。殿下の政務が立て込んでいる中、無理やり旅程を組んでいたので、春節から始まる祭日をゆったりと過ごせないのはしようがなかった。

「桃英様からご提案をたくさんいただきましたから、それらをすぐにまとめてしまいます。祝祭日が明けると同時に動き出したいので」

馬車の中で意欲的にそう語ったあと、彼は涼しげに笑った。

「桃英様とのお約束を果たす準備もいたしますから、待っていてくださいね」

「はい、お待ちしています」

そう答えると、星狼殿下は私の手を握ってくれた。

朝議が再開したのち、私は後宮での位を賜った。

四夫人の一つ——貴妃。

通例では私の呼称は范貴妃となるはずだが、「范」は大黄帝国皇帝の姓。おいそれと口にすることは許されない。そのため私はこれまで通り桃英公主と呼ばれることになった。

位を授けられたことで、私はここが自分の居場所なのだと改めて感じた。「あなたはここにいていいのです」と殿下が認めてくれたのだ。


史淑妃の『月陰殿』は、中庭の澄んだ池が美しい、静かな邸だ。

その大堂に設えられた宴の席に四人の妃が集まった。

「公主様、此度の位階授与、心よりお祝い申し上げます」

邸の主である淑妃が、妃の模範のような礼で言祝いでくれた。

「ありがとうございます。わたくしも皆様の仲間に加えていただき、嬉しく、また改めて妃としての重責を感じております」

そう答えると、劉徳妃がくつろいだ笑顔を見せた。

「今日はそのような堅苦しい挨拶はやめにしませんか。我々四人しかいないのだし」

温賢妃もやや控えめに頷く。

「公主様にお許しいただけるなら、ぜひそのように。実は私、皆さんを友人のように感じておりますので……」

「温賢妃、もちろんわたくしも同じ気持ちです」

私は勢いに任せて賢妃の手をとった。私はずっとこの後宮を友愛の場にしたいと思っていたのだから。

「ならば話ははやい。今日は無礼講だ。史淑妃も異存ないだろうか？」

徳妃から同意を求められ、淑妃はややたじろいた。

「異存などあろうはずがありません。ですが……わたくし、このような所作や言葉が身に染みついていて……」

「無理して己を変えてほしいわけではない。あなたは幼い頃から妃になるべく育てられたのだから」

徳妃が気遣うように言ったその言葉に、私は引っかかりを覚えた。

けれどよく考える時間もないまま、運び込まれた皿の数々に目を奪われる。

黒酢の餡がとろりと揚げ魚にかかる松鼠桂魚、饅頭の生地に豚肉を練り込んだ花巻、卵と木耳の湯……美味しそうな品々が並んでいく。

では、と淑妃がためらいがちに私たちに視線を配った。

「友人同士の時間を過ごしましょう。史家の料理人が腕を振るった皿の数々、お楽しみくださいませ」

私たち四人は食とお喋(しゃべ)りを楽しんだ。

己を曲げ、恋人と引き裂(さ)かれかけ心中に追い込まれた劉徳妃。盲目(もうもく)を理由に日陰に押し込まれた温賢妃。二人とも心からの笑顔を浮かべている。

そして私も同じだ。この後宮の妃にならなければ、きっと一生『普通』になれない自分を呪(のろ)っていただろう。

みんな殿下に救われたから、ここでこんなにも幸せなのだ。

……あれ。

私はふと疑問を抱(いだ)いた。

では、史淑妃は？　淑妃はなぜこの後宮に入宮することになったのだろう……？

「皆様、楽しんでいただけましたでしょうか？」

宴の終わり、淑妃が私たちに尋ねた。

「堅苦しい宴席(えんせき)なら慣れているのですけれど、友人同士の宴となると正解が分からず……」

心細そうな淑妃に、徳妃が恐縮(きょうしゅく)する。

「あなたにくつろげなどと求めるべきではありませんでしたね。気を遣わせたくないと思ったのに、逆効果だった」

淑妃のような『妃の鑑』にとっては、形式張った宴席の方が気苦労がないらしい。私は彼女を安心させようと笑顔で言った。

「このように楽しい宴は初めてでございました。今度はわたくしが主催いたします。ぜひまた四人で集まりましょう」

差し出した手を淑妃が握った。

「ありがとうございます、公主様。あなたが後宮に来てくださって、本当によかった」

彼女が衣に薫きしめた香が匂った。宴席の邪魔にならぬよう控えめに燻らせた香が、私の胸をどうしようもなくざわつかせる。

——同じ香りをどこかで……。

楽しい宴の思い出に、一滴の墨が滲むような違和感を残し、その日は散会となった。

密かに待ち望んだ日は、冬の厳しさが最も深まった折に訪れた。

年が明けて初めて、星狼殿下が百花殿にお渡りになった。陽が沈み、星が瞬く夜に。

晴れた、風の強い夜だった。ごうごうと木窓に吹きつける風が、邸全体を震わせる。

「お待たせいたしました」

夜着を整えて寝房に入ると、すでに殿下がくつろいでいた。しどけなく肩をすべる銀色の髪が燈に照らされ、その現実とは思えぬ美しさに体が強張った。

「緊張なさっていますね」

殿下はくすくす笑った。いつだって余裕のある方で、それが本当に悔しい。

「正直に申しますと、かなり緊張しています。殿下だけ余裕綽々で、腹が立つくらいです」

開き直って堂々と言うと、殿下は軽く声をあげて笑った。

まったく動じない、いつもと変わらぬ星狼殿下。本当は、悔しさや腹立ちより安心感があった。

「桃英様、どうぞこちらへ」

殿下に招かれて褥に上がった。全ての感覚が麻痺しそうなほど気持ちが張り詰めている。

殿下が私の手をとって、その胸にそっと重ねる。

「余裕なんかちっともありません。この音を聴けばお分かりでしょう？」

指先から、鼓動の音が伝わってくる。

「俺は必死に平静を装ってるだけです」

「殿下は、自分を繕うのがお上手ですね」
可愛らしい方だと思うと、強張った体が解けていく。
──大丈夫、この方に身を委ねよう。
私は目を閉じ、深く息を吸った。
その時。
「え……？」
体が再び、硬直した。
「どうされました？」
星狼殿下は私の突然の反応に困惑し、心配してくれる。
けれど彼の問いに答える余裕がなかった。
ほんの微かに、香ったのだ。
──伽羅の香。
胸のうちに残った一滴の墨のようなわだかまりが、形をなして私に襲いかかる。
なぜ今まで気づかなかったのだろう。
──この香は、史淑妃と同じものだ。
彼女の可憐な姿が瞼に浮かんだ。
──なぜお二人が同じ香を？

考え始めると、これまで感じた違和感がずるずると引きずり出されていく。

そうだ、先日の宴で劉徳妃は史淑妃にこう言ったのだ。「あなたは幼い頃から妃として育てられたから」と。

この国にはずっと後宮はなかったはずなのに。

血の気が引くほど狼狽(ろうばい)した。呼吸が浅くなって、しっかりと息が吸えない。

殿下の香はごく微かに薫る程度——そう、まるで誰かからの移り香(うつりが)のように。

——どうして気づかなかったのだろう。

温賢妃にも劉徳妃にも、そして私にもこの後宮にいる理由がある。

けれど史淑妃だけは違う。

それと意識する間もなく、涙があふれて落ちる。

ごく自然に淑妃の名を呼ぶ殿下の親密な声音が思い出された。涙のまま宴を退出した彼女の心情を、殿下は深く理解しているようだった。

そして淑妃は、熊に立ち向かう殿下に必死に追い縋(すが)って……。

史淑妃はほかの三人とは違う。

——史淑妃だけは、殿下に愛されて入宮した真(しん)の妃なのだ。

胸が苦しい。

「桃英様っ⁉」

痛みを堪(こら)えてうずくまる私の肩を、狼狽した殿下の手が支える。

「どうされました！」

本当に、どうしてしまったのだろう？

次から次へと涙があふれて止まらない。息ができぬほど胸が苦しい。

――このまま星狼殿下の隣にはいられない……！

痛みと乱れた心をもてあまし、私は寝房(しんしつ)を飛び出した。彼のもとから逃げ出すために。

無我夢中(むがむちゅう)だった。石段を駆け上(のぼ)り、四阿(あずまや)の甍(いらか)に飛び乗る。近くの枝にぶら下がって反動をつけ、滑空(かっくう)して次の枝へと飛び移る。

――私は、殿下が好きだ。

でも。

――殿下は淑妃を愛しているんだ。

後宮というのは、数多(あまた)の妃が夫君に仕える場。一の寵愛(ちょうあい)を受ける妃だけが、殿下と共寝をするわけではない。そんなのは、分かりきったことだ。

――なのに、どうして私は星狼殿下から逃げ出したのだろう。

気がつけば、私は宙に張り出すような岩場に立っていた。ごうごうと吹く風が私の髪をさらって乱す。いつの間にか、かなり高いところまで登ってきてしまったようだ。

見下ろすと、夜の海のような山林の中、点々と小さな燈が見える。そのうちのどれかが百花殿だろうか。そして史淑妃の月陰殿も……。

駆けるうちに涸れた涙がまたあふれてきた。

「熹李ぃ……」

無意識のうちに兄の名を呼んだ。いつだって共に困難を乗り越えてきた、私の片割れ。

「私、どうしたらいいの？」

目の奥がぎゅっと熱くなる。体の内側が燃えていく。

「熹李ぃ！　助けて……っ‼」

星のない夜の空に向かって叫び。

――私は、意識を失った。

桃英様が飛び出してからかなりの時が流れた気がする。

俺は百花殿の中庭で呆然と彼女を待った。

彼女のことは、侍女の夏泉や衛士がすぐに追いかけた。

さらにそれを追おうとする俺を、残った侍女たちが引き止めた。

王太子自ら行ってはならないと嗜める彼女たちの言葉は心に響かなかったが、俺が追えば桃英様はさらに逃げてしまう気がして、結局ここで待つことを選んでしまった。

ついほんのひととき前まで、桃英様は俺を受け入れてくれていた。それなのに突然涙を流し、俺を拒んだ。

一体なぜ？　俺は何か彼女を傷つけるようなことをしたのだろうか？

嵐のように風が吹き荒んでいる。桃英様はご無事だろうか。

祈るように待つうちに、門の外が騒がしくなった。風の音に衛士や夏泉の声が交じる。

彼女を連れ戻せたのだろうか。

「桃英様っ！」

門外へ駆けて出る。

確かにそこに桃英様がいた。衛士の持つ松明に、その姿が照らされている。華奢な肩、風に乱される長く艶やかな髪、美しい顔。

彼女は俺の顔を静かに見据え何も言わなかった。かつて一度も見せたことのない冷ややかな表情のまま。

「桃英様……」

胸が軋む音がした。

俺と桃英様の間に夏泉が割って入った。

「殿下！　違うのです、これには事情が！」

彼女は意味ありげな表情で周囲に視線を巡らせた。衛士や女官が張り詰めた面持ちで俺たちを取り囲んでいる。

「……場所を変えた方がいいだろうか？」

夏泉の視線の意図を察してそう尋ねると、彼女は緊張した顔のまま頷き、桃英様を百花殿の中へと導いた。


人目を避けて寝房に入ると、桃英様はどしりと長椅子に深く腰掛けた。

その所作が普段の彼女とあまりにもかけ離れていて目を見開く。

そして彼女は無感情な瞳で俺を見ながらこう言った。

「久しいな、翠山国王太子、嶋星狼よ」

その声は桃英様のものではなかった。確かに彼女の口が動き喉が鳴らしたのに、その声は――男のものだった。

そして彼女の琥珀の瞳が、金色に輝いている。

彼女の口が、再び男の声で言葉を紡いだ。

「おい、いつまで突っ立っている？　控えよ、余は大黄帝国皇帝——范熹李である」

一声で他者を圧倒し御してしまうほどの威厳が、彼女の体から発せられている。

「……皇帝、陛下？」

俺の戸惑う声に、桃英様が顎を上げる。普段の彼女なら絶対にしない傲岸さで。

「王太子よ、もう一度命じる。膝をついて首を垂れよ。余は、妹の体を借りてお前に話しかけている」

俺は慄然としながら膝をついた。

——遥か彼方の地から他者の体を操る。これが東に冠たる大帝国の皇帝の力なのか？

陛下はぐるりと房内を見渡した。

「想像はしていたが、ずいぶんと粗末な調度品だ——こんな場所に大切な妹を嫁がせねばならなかった己の、なんと不甲斐ないことか」

陛下は大国の君主らしく腕を組んで足を広げた。背を反らし、床に膝をついた俺を見下ろす。

「久しいな。お前が我が朝廷に大使としてやってきて以来か」

「左様でございます」

かつて交渉に出向いて謁見した際は、陛下が俺に直接語りかけることはほとんどなかった。陛下が宰相に耳打ちし、それを宰相が伝えるという回りくどさだった。

唯一直に話したのは、桃英様のご降嫁を提案された時だけ。その時は謙虚で朗らかな方だという印象を受けた。彼女の話からも、守られてばかりのひ弱な君子像を浮かべていた。

このように傲岸不遜な態度の方だったということに、驚きを隠せない。

「申し開きをしてもらおうか、王太子」

陛下は俺を睨みつけた。金色の瞳が煌々と輝いている。

「お前はどのような了見で我が妹を斯様に苦しめている？　聞けば、余には告げずに後宮を開いたそうではないか」

言葉に詰まった。用意していた言い訳はどれも通用しそうにない。

「挙げ句の果てにはほかの妃を寵愛し、桃英を蔑ろにしているとか」

俺は思わず顔を上げた。

「それは……？」

「誰が発言を許した？」

桃英様の足が飛んでくる。頬を蹴られ、口の中が切れた。

陛下は立ち上がり、憎悪の目で俺を見下ろす。

「なぜ余がお前ごときに桃英を託したと思っている。彼女を唯一の妻として遇し、何不自由ない幸福な暮らしを与えると約束したからだ、そうだったな？」

「はい」

「余は即位以前、長く不遇をかこった。暗殺未遂は数知れず、街で身をやつして食うや食わずの時を過ごした。その時期を支え、余を玉座に導いたのが桃英だ。その大切な妹を、よくも……」

「後宮を開いたのは、止むを得ぬ事情があったから。ですが、それは伏して謝罪申し上げます。それに俺の真の妃は桃英様だけでございます」

口だけならなんとでも言える、と陛下は俺を嘲笑った。桃英様のお顔でそれを言われると胸が重い。

「いいか王太子、桃英ほど優しい娘はいない。余の代わりに毒を食らい、矢傷を受け、余を守ってくれた。お前ごときに桃英を与えた余が愚かだった。桃英を余に返せ」

その言い分に、俺の心のどこかが強く反発した。

「陛下……桃英様を物のようにおっしゃらないでいただきたい」

睨み上げると、視線が真っ向から衝突した。相手の顔が桃英様のものなのが腹立たしい。

「なんだ、その目は？」

「いくら皇帝陛下でも、彼女を物のように扱うのはやめていただきたい。彼女には彼女の意思がございます」

桃英様は、誰かの都合でとったりやったりするものではない。

「彼女自身が故郷に帰りたいと望むなら、止めません――いや、たとえそうおっしゃられたとしても、止める。絶対に引き止めます。全力で説得して、なんとか残っていただこうと努力します。でも、最終的にご自分の居場所を決めるのは彼女自身だ」

それに、と俺は兼ねてから腹に押し隠していた怒りを爆発させた。

「大切な妹、とおっしゃるなら、なぜ桃英様ばかりに傷を負わせたのです⁉」

かつて桃英様の昔語りを聞いた時から腹に据えかねていた。なぜ彼女が一人で兄を守らねばならなかったのか、と。

「あなたはのうのうと彼女に守られるだけだった！　大切だと言うのなら、あなたこそ己の身を削ってでも桃英様を守るべきだったのに！」

「おい」

陛下の瞳の金色が、炎のように燃え盛る。

「……小国の王太子、口が過ぎるぞ。余は大黄帝国皇帝だ」

「そんなことは関係ない！　大切な者がいるなら、己の力でその者を守るべきでしょう！」

皇帝は憐れむようにため息をついた。

「愚かな男だ。このような主を戴く小国の民に憐れを催すぞ――余は皇帝。しかも歴代皇帝が誰も持ち得なかった『力』を有しておる。余はいずれその力で我が国の万の民を救う。

余の命はほかの者と重みが違う。それが分からぬか」

俺は思わず立ち上がった。

「だからなんだ！　君子とは国を、そして民を守るためにある！　守られてばかりの君子に存在する価値などあるか！」

怒りに任せて俺は言い放った。

「お前のような兄には桃英様を任せられん！　桃英様は俺が幸せにする。非力なお前は、遠く離れた玉座の上でそれを悔しがって眺めていればいい！」

視線と視線が激しくぶつかった。桃英様の顔のまま、陛下の怒りが俺に向けられている。その体を桃英様に返してくれ、と俺は切実に願った。

「ふん……」

彼はすとんと力を抜いて、再び椅子に体を預けた。

「頭を冷やせ、王太子」

そう言われ、俺はひとまず跪（ひざまず）いた。それを待ってから、皇帝は深いため息をつく。

「なるほど、お前が我が妹をそれなりに大事にしていることは、一応理解しておこう……ではなぜ、桃英はお前への片想いがつらいと泣くのだ？」

「は？　それは……？」

「お前がほかの女を愛していてつらいと、だがお前から離れられないのだと泣いていたが？」

頭の中が真っ白になった。

はぁ、と再び陛下がため息を漏らす。

「くだらんすれ違いがあるならさっさと解消しろ。できぬのならやはり桃英は返してもらう」

「それは嫌だ」

「……お前は子どもか？　とにかく駄々をこねていないで、宣言した通り桃英を幸せにしてみせろ」

承知しました、と平伏すると、皇帝は欠伸をした。

「そろそろ余は自分の体に戻る。桃英は余に体を預けたことでかなり体力を消耗している。しばらく眠り続けるだろうが、特に心配はない。温かくして寝かせてやってくれ」

それから、と皇帝はギロリと俺を睨んだ。

「僕が桃英の体を借りて言ったことを絶対に彼女にはバラすなよ、分かったな！」

ぼ、ぼく？

突然子どものような話し方をする皇帝に、俺は困惑した。

捨て台詞を吐いて、皇帝はゆっくりと瞼を伏せる。

「桃英を泣かせるなよ。今度泣かせたら、僕はお前から桃英を取り返す」

「ふわぁあ」

私は寝台の上で伸びをした。ものすごく頭がすっきりしている。よく寝たみたいだ。

「桃英様、お目覚めになりましたか」

私の大きな欠伸に気づいて、夏泉がすぐに駆けつけた。心配そうな、そして何か言いたげな表情に首を傾げる。

「すぐ殿下にお知らせします。桃英様のお目覚めを、それはもう待ち遠しくしてらっしゃいましたので」

彼女はそう言って房を出た。

「殿下……」

不意に胸が痛んで、私は長く寝ていた理由に思いいたった。

私は殿下から逃げたのだ。

そして自ら熹李を呼んだ。つらい気持ちを彼に聞いてほしくて。

吹き荒れる風の中、瞼を閉じて肉体から意識を解放した。助けを求めると、熹李はすぐそれに気づいてくれた。

闇の中、熹李は黄竜の姿で天を翔ける。雷鳴とともに現れて、私の目の前に降り立った。

実際に起こっている出来事ではない。私たちは、二人だけの世界を通じて、どんなに遠く離れていてもこうやって語り合うことができるのだ。

「桃英、どうしてそんなに泣いているの？」

彼は竜の姿から変化して、私とそっくりな青年の姿に戻った。

そして私は、殿下への想いを吐露したのだ。

……思い返すと恥ずかしい。

突然妹に「片想いがつらい」なんて泣かれて、熹李だって困惑しただろう。彼は優しいから「そんな男は僕が許さない」と怒ってくれたけど。

皇帝として毎日必死な熹李に迷惑をかけたくないのに、つい感情に任せて呼び寄せてしまった。しかも一度彼と交信すると丸一日寝入ってしまう。きっとまた夏泉の仕事を増やしてしまったことだろう。

でも、熹李に相談できてよかった。一人で鬱屈としていたら、こんなに頭はすっきりしなかったはずだ。

頭を整理しているうちに、夏泉が戻ってきた。

「殿下をお連れしました」

彼女が言い終わらぬうちに、星狼殿下が現れた。寝台のそばに置いた椅子に腰掛け、私の瞳をじっと見つめる。

「桃英様……ですよね？」

「……？　ええ、もちろん」

なぜそんなことを確認するのだろう。疑問が浮かんだが、まず謝罪せねばならない。

私は寝台に身を起こしたまま深く首を垂れた。

「もったいなくも殿下から賜った僥倖を無下にいたしましたことを、心よりお詫び申し上げます。寛大な心でお許しいただけるのであれば、また次のお渡りをお待ち申し上げます」

熹李に相談して、全て吹っ切れた――はずだ。

一の寵愛を受けられなくても、殿下の子をなし帝国との架け橋になれるよう努めよう。

そもそものためにここに降嫁したのだから。

「あの、桃英様……」

殿下が何かを言いかけた。

この人は優しいから、また「あなた自身の心で決めてほしい」と言ってくれるだろう。

でもそれはつらい。今は己の心を置いて、あくまで妃として務めさせてほしい。

「殿下、わたくし、衣裳を改めたいので」

そう告げると、予想通り彼は慌てて立ち上がった。

「申し訳ない、許しもなく女性の閨に踏み込んで。ですが」

彼は一言だけ聞いてほしいと言って、私の瞳を覗き込んだ。

「俺があなたに最初に言った言葉を覚えていますか？」

「最初……？」

首を傾げると、彼はちょっと笑った。

「愛を誓えと、桃英様が俺に命じたではないですか」

「あ……」

そうだ、私は駆け引きのつもりで、彼に愛を——すなわち王后位を約束させたのだ。

——翠山国王太子嶋星狼は、大黄帝国公主范桃英を唯一の妻とし、生涯愛し守り抜く。

なんということを言わせたのだろう。あの時は彼の言葉の予想以上の強さにたじろいだが、今は血の気が引く。

星狼殿下には、史淑妃がいるのに。

「殿下、すみません。あれは……」

「桃英様、俺はあの誓いを疎かにするつもりはない」

言い切った殿下の瞳は誠実だった。

「長居をして申し訳ない。また改めて伺います」

第六章　秘密の技

新年のお祝いに食べる甜味(おかし)といえば、やっぱり年糕(ニェンガオ)——祝い餅(もち)だ。

「まあ、蒸(む)すとこんなにやわらかくなるのですね」

温賢妃(おんけんひ)が蒸籠(せいろ)から取り出した年糕(ニェンガオ)のふにふにとやわらかな感触(かんしょく)を楽しんでいる。

「こちらは面白(おもしろ)い食感ですね。外側はさくさくなのに、中はもちもちで」

一方私は、賢妃が持参した揚(あ)げた年糕(ニェンガオ)を味わっていた。

お餅で新年を祝う風習は同じなのに、私と賢妃の故郷ではその作り方が全然違(ちが)う。かつてその話題になった時に、食べ比べをすると決めていたのだ。

本来春節(しゅんせつ)にいただく甜味(おかし)だけど、今年は慌(あわ)ただしくて食べられずじまいだったので、こうして賢妃と茶会を開けてよかった。

「史淑妃(ししゅくひ)のご実家の南の方では、年糕(ニェンガオ)は塩辛(しおから)い味つけなのだそうですよ。そちらもいつかご馳走(ちそう)になってみたいものです」

淑妃の名が出て、私はつい重たい気持ちになった。淑妃の友人でいたいのに、今はその名を聞くのがつらい。

「公主様、どうされました？」

黙り込んだ私に、温賢妃が首を傾げる。この方は人の心に敏感な方だ。落ち込んでいるとすぐ見透かされてしまう。

私は思い切って尋ねてみた。

「……温賢妃は、星狼殿下の寵愛がほかの方に向いているのが苦しくはないですか？」

温賢妃はさらに深く首を傾げた。どこか戸惑っている様子だったし、同じ後宮の妃にこんな相談をするべきではないのだが、私はもやもやとする思いを止められずに話を続けた。

「わたくしはとても苦しいのです。後宮の妃としてこれではいけないと思うのですが」

彼女は顎に手をあてて何か考え込んでしまった。

「ええと……まず最初の質問なのですが……私は、殿下のご寵愛を求めてここに参ったわけではありませんので、苦しいことはございません」

「はい」

さすが賢妃は器の大きな方だ。狭量なのは私だけだ。

「殿下は、賢妃の位を埋めるために形ばかりの妃になってほしい、と私に入宮を求められました。それは殿下の思いやりだったのだと思います……心を曲げて無理に妻になる必要はないのだ、と」

分かります、と私は頷いた。あの方はそういう繊細な心配りのできる方だ。

「与えられた邸で書を楽しみ、公主様とこうして語らっていられるだけで、もったいないほど幸せです。今はそれ以上については考えられません」

そうはっきりと述べる温賢妃は本当の姉のように頼もしかった。私もいつか彼女のように堂々とした妃になれたらいいのに。

「ですが……その……」

と、賢妃は突然歯切れが悪くなる。

「公主様が苦しまれる必要はないのでは……？　殿下は……」

「温賢妃、分かっております。殿下は史淑妃を愛していらっしゃる」

「……？」

「でも、それを受け留められるようになろうと、賢妃のお話を伺って改めて決意いたしました」

「ええと……」

彼女が再び何かを考え込んでいる間に、知った声が耳に飛び込んできた。

「公主様、失礼します……って、あれ、小梟姉さん？」

「れ、漣伊殿⁉」

温賢妃が跳ねるように立ち上がった。突然現れた温侍中は「しまった」と呟きながら気まずそうに指でこめかみのあたりをかいている。

彼はいったん私に向き直って揖礼をした。

「公主様、新年おめでとうございます」

「ご挨拶ありがとうございます。ですが、ご来訪前に一報くださいと以前申しましたよね」

彼はニヤリと笑った。

「いやいや、今日は星狼サマのお使いで。俺自身が先触れです。今宵、百花殿にお渡りになるとのことですので、それをお伝えしたく参りました。あと」

彼はしっかりと頭を下げた。

「その節は、公主様のことをこの国から放逐しようとし、申し訳ございませんでした」

「それはしようがないことですから、謝る必要などございません」

面を上げた彼は真摯な眼差しで私に語りかけた。

「いや、謝罪はさせてください。小梟姉さんのご友人でもあるのに、俺はあなたを追い出そうとした。後悔しております」

「漣伊殿……」

呟いた賢妃に、温侍中は微笑んだ。

「実は姉さんから信書をいただきまして、公主様の為人を信じてほしいと言われました。

星狼サマと姉さんが信じる方なら、俺も信じます」

　私は賢妃を見た。

「温侍中を説得してくださったのですね……存じ上げませんでした」

「いえ、私の想いを勝手に綴っただけで。ご迷惑になったらどうしようと、怖い気持ちもあったのですが……」

　賢妃の頰が朱に染まっている。

「嫌ですわ、ばらさないでくださいませ、漣伊殿」

「すいません、でも悪い結果にはならなかったでしょう」

　そう言い合いながら、二人は互いになんとなく照れくさそうだ。

　――もしかして、この二人……？

「と、いうわけで」

　温侍中は名残惜しそうに賢妃から視線を離し、私に念を押した。

「星狼王太子殿下が今宵、公主様のもとにお渡りになります。滞りないお支度をなさいますようお願い申し上げます――今度は逃げ出さないでくださいね」

　屈託ない温侍中の言葉に、私の返答はまごついた。

　そんな私を不思議に思ってか、二人は顔を合わせて首を傾げていた。

温侍中の予告通り、その夜、星狼殿下が百花殿を訪れた。

夜が更けた褥で、私たちは両手を合わせ指を絡めて向き合っている。

「……っだから、逃げないでくださいと申し上げているでしょう！」

殿下は必死の形相だった。

「嫌です！　離してください！」

私は両腕で殿下を押し返そうとした。

睦み合いではなく、泥臭い取っ組み合いをしているのだ。

本来ならば押し合いで誰かに負けたりはしないのだが、相手が星狼殿下だとどうしてか力が出なくなってしまう。

温侍中に「逃げないでください」と釘を刺され、私自身も覚悟を決めたつもりだった。

けれど殿下の身に染み込んだ伽羅の香が薫ってしまうと、もうだめだった。

私以外の方を想う殿下に、形ばかりの夜を強いたくはない。それに、私の心の中で、史淑妃に嫉妬する感情が育っていることが耐えられなかった。

だから体が勝手に逃げ出そうとした。そこを殿下につかまり、現在こうしてもみ合っている。

「とにかく話を聞いてください！」

「いいえ、嫌です！」

だって今もあの伽羅の香りがしている。いつもよりも強く。

「強情な人だなぁ……」

「きゃ！」

殿下が不意に片腕の力を抜いた。そのせいで私は彼の胸に自ら飛び込む形になってしまう。

そのまま星狼殿下は私を抱きしめた。

「やっと捕まえました」

「や、あの、ちょっと……！」

「もう離しません、桃英様」

彼はふっと勝ち誇ったように笑った。そのまま覆い被さるように彼は私を押し倒した。

彼の指が私の唇をなぞる。艶っぽい仕草に鼓動が高鳴った。

殿下が真っ直ぐに私を見つめる。

「俺はあなたが欲しい。でもあなたが俺を拒むのならば、無理強いはいたしません」

拒みたいわけじゃない。そんなはずない。

複雑に絡み合って解けなくなった糸のように、私の気持ちはぐちゃぐちゃだった。

理性では、どんな形でもいいから殿下の妃でいたいと考えながら、一方で浅ましくも自分だけを見てほしいと願ってしまう。

彼を求める想いが強くなりすぎて、伽羅の香りに包まれた彼を憎くすら感じる。

「わたくし、自分のことがよく分からないのです」

私の瞳からあふれた涙に、殿下の眉がまた下がる。

「でしたら難しく考えず、これだけ教えてください」

彼は切なく微笑んだ。

「俺に触れられるのは嫌ですか？」

銀の瞳の切実さが、私の心をぎゅっと締めつけた。

なんてずるい男だ。そんな顔をされたら、嘘も強がりもどこかへ吹き飛んでしまう。

もはや自分の気持ちは誤魔化せない。

「……嫌じゃない、です」

そうこぼすと、彼は微笑んだ。

いつもの余裕に満ちた笑顔ではなくて、胸を撫で下ろすような、そして同時に、無上の幸運に巡り合ったかのような表情だった。まるで、心から私を愛おしむような……。

——もしかして、私は何かを誤解している？

そう思った瞬間。

遥か遠くから、私の名を呼ぶ声がした。

――あ、まずい。

意識が深淵に呑まれていく。

――ちょっと待って、今はだめなの。

けれど、私のささやかな抵抗は、熹李の巨大な力の前では無力だった。

俺は桃英様の足もとに正座させられている。

寝台に腰掛けた桃英様は、金色の瞳でこちらを見下ろしていた。

「ふん、無理やり我が妹を手籠めにしようとは、不埒な男だ」

桃英様――ではなく、彼女の体を奪った大黄帝国皇帝陛下は虫けらを見るように俺を睨む。

「……陛下が誤解を解けとおっしゃったので、そのためにやむを得ずあのような体勢になっていただけです」

「どうだか。桃英の頬にも涙の跡があるし、信じられぬな」

そっちが現れなければあのまま大事な話ができたのに――という恨み言を口にするわけにもいかず、俺はグッと堪えた。

「まあいい、時は一刻を争う。お前のくだらん言い訳に付き合っている時間はない」

陛下の声に突然重みが増し、俺は居住まいを正した。

「緊急の用向きですか？」

「そうだ――先に余の力を説明せねばなるまい。そこの椅子の使用を許す」

許されて座ると、陛下は黄金の瞳で俺を見据えた。

「これから述べることは他言無用だ。本来ならば異国の者に余の力を知られるのは具合が悪い」

決して口外しないと約束し、俺は尋ねた。

「陛下のお力とは、他者の体を操ることでは？」

「違う。余が体を借り、意思を通じることができるのは、双子の片割れである桃英だけ。例えば余はお前の体を奪うことはできん」

俺は内心でほっと胸を撫で下ろした。王太子である俺が帝国の傀儡となる恐れはないようだ。

「桃英の体を借りることができるのは、余と桃英の絆のなせる奇跡だ。ふ、羨ましかろう」

顎を持ち上げる得意げな表情に一瞬ムッとしたが、残念ながら顔が桃英様なので、なんとも言えない気持ちになった。

「余の本来の力は――『先視』だ」

さらりと言われて、俺は耳を疑った。

「先視？　まさか、未来を知ることができると？」

陛下は無言で頷いた。

それでは――陛下は天下無敵ではないだろうか。あらゆる場面で彼は常に誰よりも有利に立てる。

愕然とする俺に、陛下は首を振った。

「あまねく未来を視ることができるわけではない。制約があるのだ」

彼は口惜しそうに言う。

「余が本当に何もかも知ることができていたら、母上の命は守られ、桃英だってあれほど苦労することはなかった」

だが、と陛下は立ち上がった。

「今は桃英とそなたに助言ができる」

重々しい言葉で彼は予言した。

「――次の満月の日、翠山国で未曽有の大災害が起こる」

「な……⁉」

「余が視たのは崩れる山だ。その崩落に町が呑み込まれていた」

がたんと椅子が倒れる音が響く。俺はその場で棒立ちになった。

「そんな……」

「満月まであと三日。まだ間に合う――翠山国王太子、嶠星狼。帝国皇帝の名を以って貴殿に命じる。翠山の民と、そして我が妹の命を守れ――！」

「夜明けとともに各地に馬を飛ばす。山間部の民を避難させるぞ」

俺は朝を待たずに人を集めた。灯りをともした議場で、漣伊やほかの官吏たちが狐につままれたような顔をしている。

「本当に山崩れが起きるのか？　なんでそんなことが分かるんだ……？」

漣伊は幞頭からこぼれた髪を押し込んでいる。着衣に乱れがあるのは、彼がとるものもとりあえず駆けつけてくれた証だ。そんな彼でさえ半信半疑だった。

当然だ。桃英様の姿で語る皇帝陛下を直に目にしなければ、俺だって『先視』など信じなかっただろう。

「詳しくは話せない。山崩れが起こらなければ俺を笑い飛ばしていい。今は無心で最善を尽くしてくれ」

「ああ、だがこの国にどれだけ山があると思っているんだ」

俺は奥歯を噛みしめた。

翠山国は山に抱かれた国だ。すべての山からの避難を命じるには、人手も馬も足りず現実的ではない。

窓の向こうで東の空が白み始めている。満月の夜は三日後——それまでに、何ができるだろう。

「とにかく情報を集めよう」

俺は官吏たちに呼びかけた。

「幸い、春節の休暇で郷里に戻っていた者が多いはずだ。山崩れの予兆に心当たりはないか聞き取りをしろ。午までにだ！」

深い眠りから目覚めると、窓の外が明るかった。私は重たい瞼を擦りながら夏泉を呼ぶ。
「夏泉、私どのくらい眠っていた？」

「ごめんなさい公主様。彼女は今ここにはおりません」

可憐な声にハッとした。

寝台の横に史淑妃が申し訳なさそうに座っている。その隣に温賢妃もいた。

「な、なんでお二人が？」

私が寝ているのはいつもの寝房のいつもの寝台なのに。

事情の説明は賢妃がしてくれた。

「申し訳ございません公主様、現在後宮の妃や女官が全てこの百花殿に集められているのです。一番内廷に近く、広いものですから。それで、私たちもここに。公主様に付き添う役をいただいております」

混乱する頭を整理した。深淵の中で熹李から聞かされた話と、今の状況を結びつける。

「それは……山崩れの件が関係していますか？」

二人は驚く。淑妃が怪訝な顔で私を探った。

「眠っていらしたのに、どうしてそのことを？」

しまった、と私は口を押さえた。熹李の力を口外するわけにはいかないのに。

「……ごめんなさい、その説明は今はできません、でも」

体を起こそうとしたが、ものすごくだるかった。熹李との交信には莫大な力を消費する。

本来ならもう少し寝ていなければならないのだ。

それでも、己を奮い立たせて起き上がる。

「殿下にお知らせしなければ……崩れる山がどれか分かると思います」

「えっ⁉」

二人が声をあげたと同時に、寝房に劉徳妃が入ってきた。普段通りの麗しい男装姿だが、顔に浮かんだ表情はいつになく険しい。

「だめだ、女官や宮女の中に山崩れの予兆に気づいた者はいない——おや、公主様、お目覚めでしたか」

「劉徳妃までここに？」

徳妃は頷いた。背後に恋人の桂鈴もいる。

「ええ。集めた女官らへの聞き取り役を仰せつかったのです。夏泉にも手伝ってもらっています」

桂鈴が頰を膨らませている。

「そりゃ涼様から問われたらみんななんでも喋っちゃいますわ。だってこんなに格好いいんですもの」

「ふふ、こんな私でも殿下のお役に立てて光栄というもの。だがだめです、有益な情報は得られなかった」

立ち上がろうとしたが足に力が入らず、私は情けなく床に崩れ落ちた。

「公主様、どうなされたのです?」

「わたくし、殿下のもとに行かねばなりません……山崩れの起こる場所がある程度分かりました。殿下と話せば、もっと正確になると思います、だから」

立ち上がろうとする私を、淑妃が抱きしめるように押し留めた。

「いけません公主様、そのようなふらふらのお体では!」

「でも、時は一刻を争うのです……!」

互いに強い調子で言葉を交わす私たちを、徳妃がふわりと包み込んだ。

「史淑妃の言う通りだ。公主様は一度寝台へ」

「きゃっ……!」

徳妃はふわりと私を抱きかかえた。そのまま優しく寝台に運んでくれる。

「公主様、私が殿下をここへお連れする。あなたは養生なさりませ」

顔を寄せて囁く劉徳妃の美貌に圧倒されて、私はおとなしく従ってしまった。徳妃は
「いい子だね」と私の頭を撫でて、内廷へと向かう。

徳妃が行ってしまうと、「涼様は私の恋人ですからね」と桂鈴にじろりと睨まれてしまった。

ほどなくして劉徳妃が星狼殿下を連れて戻ってきた。こんなに寒いのに殿下は薄らと汗

をかいている。この事態に対処するために駆け回っているのだろう。

無礼ではあるが、寝台に半身を起こした状態で殿下をお迎えした。

「桃英様、お体は？」

「もう大丈……」

「大丈夫などではございません。先ほども寝台から落ちて倒れたのですから」

私の言葉を厳しい調子で史淑妃が遮った。しかも説明が大袈裟だ。

「公主様は無理を押して行動する性質をお持ちのようです」

「そうだな……本来なら寝所まで押しかけるのは憚られるが……大事な話がおありだとか？」

「はい。星狼殿下、あの……少し二人きりでお話しできませんでしょうか？」

この先は熹李の力について触れねばならない。聞かせられる相手は殿下だけだ。

「承知した――みな、少し席を外してくれ」

殿下の要請に応じて、妃たちは別房へと移っていく。

「それで、話というのは？」

二人きりになったのを確認して、殿下は尋ねた。私は答える。

「殿下、此度の事態にすでに対処されているということは……熹李の力について、本人からもうお聞きになったのでしょう？」

「些か驚きました、陛下が突然桃英様のお姿をお借りになった時は……先視の力をお持ちだとか？　あのお力も皇帝の血筋ゆえ、ということでしょうか」

「おそらく。彼は夢を見るようにして未来を視るのですが……双子の妹である私は、その夢の断片を彼と共有することができるのです」

殿下は難しい顔をした。

「共有、とは……？」

「彼が見た夢の一部を幻のように見ることができます」

瞠目する殿下に、私は続ける。

「山が崩れる場面を私は熹李と共有しました。その山に覚えがあったのです……殿下、北への巡啓の際に、わたくしに雪原を見せてくださいましたよね？」

「ああ、あれは羅郷に向かう途中でした」

「わたくし、あの時遠くに柱のような山を見たのが印象に残っていたのです——熹李の夢の中で崩れていたのは、まさにその山でした」

「本当ですか⁉」

殿下は私の両腕をとった。

「それさえ分かれば対処ができる！　桃英様、ありがとうございます！」

彼はもどかしそうに立ち上がる。

「すぐに動かねば。地図と、あのあたりの地形に詳しい者を……」

頭の中を整理するように独りごちる彼に、私は声をかけた。

「殿下、温賢妃を頼りましょう。彼女なら何か記憶しているはずです」

怪訝な顔をする殿下を説得して、私は賢妃を呼んでもらった。

やってきた温賢妃に、熹李の力のことは伏せつつ事情を説明した。すると彼女は断言する。

「桃英様がおっしゃる山は苛柱山です。隣に鉤形の山――これは通称、鬼拳山と呼ばれています――があり、緑氷平原から西の方角に見えたのならば間違いございません」

力強く言い切る賢妃に、星狼殿下は驚いていた。彼女はすらすらと述べる。

「先代の国王陛下の御代に作成された地図によれば、苛柱山の東南一帯に鉱山の集落が六つ。一番大きなものは町と言える規模かもしれません。極寒期はみな麓のその集落にこもるようですから、今時分は最も人が集まっているのではないでしょうか？」

「な、なんでそんなことをご存じなのだ？　賢妃は邸から一歩も出たことがなかったと聞いていたのだが……」

呆気にとられる殿下に、私は説明した。

「温賢妃は一度読んだ本の内容を、全て記憶していらっしゃるのです」

「まさか……！」

信じきれぬ様子の殿下に、賢妃は深々と頭を下げた。

「地図も頭に入っております。地理については『山経注』を読破しておりますから、そうそう間違いはないかと」

私も頷く。彼女の記憶力は確かなものなのだと、殿下にうけおった。

「温賢妃、あなたは得難い才をお持ちだ、感謝する」

「畏れ多いことです。それと、茍柱山に人を向かわせるなら水路もご検討ください。道はぐるりと北か南を迂回する経路しかございませんので、馬より船が速いと思います。川が凍っていなければ、ですが」

「⁉　承知した。本当に、何から何まで助かる……！」

急ぎ寝房を出ていく殿下に私も続いた。なんとか歩けるくらいには体力が回復していた。

百花殿の大堂で劉徳妃と史淑妃が待っていた。温侍中や劉将軍も控えている。仕事が手につかない様子の女官たちと、堂の外からこちらを窺う宮女たちの姿も見え隠れしていた。

「崩れる山が特定できた。漣伊、急ぎ使者を向かわせ、強制的に住民を避難させろ」

細々した説明を受けて駆け出した温侍中を見送り、殿下は劉将軍に命じた。

「暁、俺たちも現地に行くぞ。万が一を考え救援部隊が必要だ。お前の軍を動かせ」

「承知した」

劉将軍の返答をかき消すように、悲鳴があがった。

「お待ちになって！」

淑妃が星狼殿下の前に立ちはだかる。

「まさか星狼様まで行かれるおつもりですか⁉」

「……もちろんだ」

彼女は殿下に縋った。

「絶対にいけません、星狼様はここにお残りください！　危険な場にあなたを向かわせることは断じてできません！」

常には可憐でおっとりとした史淑妃の、衆目を構わぬ悲壮な行動に私は胸を衝かれた。

やはりこの方は殿下を心から愛しているのだ。

「翠母殿でもあなたは自ら怪異に挑んで——そういうことは臣下にお任せになればいいのです！　それが王となる者の務めでしょう⁉」

淑妃の言う通りだ。星狼殿下はこの国の誰よりも安全な場にいなければならない。熹李だってそうしている。熹李は自分に課せられた責務を誰よりもよく理解しているのだ。

「紫薇、大丈夫だ。俺は死なないから」

殿下はそっと史淑妃の肩を押して自分から引き離した。

「約束する、俺は必ず戻ってくる。そもそも、俺は宮城でじっとしていられるような性質じゃない。本来、王太子になるはずじゃなかったのだから。それは紫薇もよく分かっているだろ？」

淑妃の瞳からぽろぽろと大粒の涙がこぼれていく。彼女はその場にくずおれた。

「そんなことおっしゃらないで……」

「とにかく大丈夫だ。別に崩れるという山に登るわけでもなし」

そう言って、不意に殿下は振り返った。背後に控えていた私と視線がぶつかり、彼はそのまま私を見つめた。

殿下の眼差しに強い意志を感じて、背すじがしゃんとなる。

「桃英様」

星狼殿下の手が私に伸びた。彼は私の頭に掌をのせて、それを耳へ、そして頬へとすべらせていく。私の輪郭をなぞるように。

「戻ってきたら、その時はもう俺から逃げないと約束してくださいませんか？」

「あの……」

なんと答えていいか分からなかった。だって、そこに史淑妃がいるのだ。行かないでくれと殿下に縋って崩れ落ちた淑妃が。

彼はふっと寂しそうに笑った。

「まあいいです、返事はいただけなくても。何度逃げられても必ず捕まえますから」

「違っ」

　とんでもない誤解を与えてしまった気がする。もう逃げませんと約束しなきゃいけないのに、自分の想いを伝えなければいけなかったのに。

　何より、苛柱山へと赴こうとするのを止めねばならなかったのに――。

「行くぞ、暁」

「……ああ、行こう」

　そして星狼殿下は行ってしまった。

　私は茫然と彼の背中を見送る――見送ってしまった。

　史淑妃の嗚咽が鼓膜を揺らす。

「……っ、なぜ星狼様まで……どうして……っ」

　私は彼女に視線を寄せた。

　何もかも淑妃が正しいと思った。

　なりふり構わず愛しい人を引き留めたことも、王太子なのだから安全な場にいてと懇願したことも。

　星狼殿下の正妃として、彼を愛する一人の女として、彼女の行動こそが正しいのだ。

　でも。

「史淑妃……あれが星狼殿下なのです」

私は彼女の肩を抱き寄せた。星狼殿下と同じ香りのするその薄い体を。

「公主様……？」

「君主たる者、我が身を第一に行動すべきです。将なくては大軍はただの烏合の衆となる。為政者は常に状況を俯瞰できる安全な場所にいなければ」

彼女は再び悲鳴をあげた。

「では、公主様はなぜ殿下を引き留めなかったのです⁉」

史淑妃から浴びせられる非難の絶叫に胸が痛んだ。

でも、私の心はその答えを知っている。妃としては間違った選択かもしれないけれど。

「あのようなお姿こそが殿下らしいと思うからです」

私の視線は、自然と劉徳妃と温賢妃を巡った。

「殿下は、涙をこぼす者を放ってはおけないのです。失われようとする命を、何をもっても助けたいと思う方なのです」

「公主様……」

賢妃が涙交じりに呟いた。徳妃は桂鈴の肩を抱く。

「星狼殿下は、誰よりもお優しい。わたくしも救われた者の一人です」

淑妃は愕然と私の瞳を見ていた。

私は笑った。

「わたくし、そんな星狼殿下が好きです——大好きなんです」

「……公主様」

史淑妃にそれを伝えてしまうと、これまで私の心を曇らせていた靄が晴れていく。

——たとえ私が星狼殿下の一の妃でなくてもいい。自分の想いを貫こう。

「だからわたくしは、殿下をお助けします」

「え？」

私は、ふん、と力こぶを作ってみせる。

「民を助けたいと奮闘する殿下を、わたくしが助けます。殿下が殿下らしくいられるように。これはほかの妃にはできませんから」

「な、何を……？」

「史淑妃、失礼します」

私は淑妃の胸に顔を埋めた。そして鼻から思いっきり息を吸う。

「な、なんですか⁉　公主様っ！」

私は立ち上がった。

「ご無礼をいたしました。でもしっかりと史淑妃の香りを覚えましたので、これで殿下のあとを追えます」

「それは、いったい……？　いえ、そんなことより公主様まで山に行くおつもりですか⁉」

彼女は私の袖をつかんだ。

「絶対にいけません！　どうしてあなたも危険に向かっていくの!?　己の命を大切にしてと、お願いしたではないですか！」

「わたくしが、殿下の妃だからです」

私は再び妃たちに視線を巡らせた。

「皆様方、わたくしたちはそれぞれ異なる事情で後宮におります！　でもこの国の王太子殿下の妃であることは同じ。それぞれの力を活かして、大災害に臨みましょう！」

徳妃と賢妃は頷いた。淑妃もつかんだ私の袖を離し、唇を引き結ぶ。

劉徳妃が真っ先に立ち上がった。

「殿下が現地にて指揮を執るのであれば、我々は宰相と協力して後方支援を担おう」

温賢妃が続く。

「史書をたどりますと、大規模な山崩れの記録が百年余り前にもございます。甚大な数の死者が出ましたが、副次的な被害も深刻だったようです。多くの建物が失われ道が破壊された結果、食料の供給が滞って、凍死者、餓死者が出たとか」

史淑妃が毅然と宰相に命じた。その頬にもう涙は伝っていない。

「陳宰相、倉を開け、食料を西に運ぶ手筈を整えなさい。不足あれば我が史家に命じて供出させましょう。幸い、南の平原は今年は豊作です」

圧倒された宰相が、承知しましたと背を伸ばし、書記官にあれこれ命じ始めた。

胸が熱い。劉徳妃も、温賢妃も、史淑妃も、なんて頼もしいのだろう。さすが殿下の妃だ。

「では、わたくしも自分にしかできないことをいたします！」

そう宣言して、私は百花殿を飛び出した。

苛柱山の麓の町に到着し、俺は愕然とした。

「避難が進んでない……」

大災害が起こるという当日だ。今はまだ日が高いが、やがて満月が輝く頃に山が崩れる。

それなのに百余りの住居が立ち並ぶ町には人が行き交い、のんびりとした空気が漂っていた。

町の者たちが唯一緊張を見せるのが門前で立ち尽くす俺たちに視線を向ける時で、「また役人が来たぞ」「なんだってんだ、うるせぇな」とぶつくさ言う声が聞こえてくる。

町の背後には苛柱山がそそり立っている。その名称通り、柱のよう屹立した山だ。九十九折りの登山道が平らな山頂に向かって伸びていて、その途中に坑道への入り口がいくつも見えた。

視界を覆うほど巨大な山。これが今夜崩壊するのかと、背すじが粟だつ。

町の奥から馬に乗った漣伊が駆けてきた。

「すまん、山崩れが起きるから避難しろって住民たちを説得したんだが、ほとんど信じてもらえねぇ」

漣伊は船と馬を限界まで急がせて、昨日にはこの町に到着したらしい。

「ここの住民、鉱山で働く腕っぷしに自信のある奴が多いからか、度胸がありすぎる。貴族の戯言には付き合ってらんねぇ、の一点張りだ。子連れの女や老人たちの一部は逃げてくれたんだが」

馬から下りた漣伊を労う。

「よくやってくれた。避難に時間がかかる子どもや老人が先に逃げてくれたのは、好都合だ」

暁が町を見渡しながら言った。

「だが、大した数が避難したわけでもない。結局発言力のあるこいつらがこちらの求めに応じないと、町全体は動かないだろう。どうする？　兵を使って強制排除するか？」

「だめだ。そんなことをしたら反乱を招きかねない。災害よりも厄介なことになるぞ」

俺たちを見る町の者たちの目は剣呑だった。当然と言えば当然だ。「災害が起きるはずだ」などと聞かされて、素直に信じられるはずがない。

「参ったな」

思わず額を打った俺に、暁が言い放つ。

「国王の名代として殿下が避難命令を出せばよい。従わぬ者は放っておけ。自業自得だ」

「暁、お前はなぜすぐに極端な策に走るんだ？」

暁をたしなめるが、彼はにべもない。

「仕方ない、時が迫っているのだから。だいたい、力を用いずにここの者たちを従わせることができますか？　はっきり言わせていただくが、俺だって山崩れには半信半疑だ。それで説得などできるわけもない」

「たしかにな……」

漣伊も言葉を詰まらせた。

暁の言うことはもっともだった。俺以外の者は皇帝陛下の力を知らない。ただ俺が動いてくれと願うから、付き合ってくれているだけなのだ。

「だが、俺は誰一人として民を見捨てたくないんだ」

なんとかこの町の人々の心を動かし、命を救いたい——だがどうすれば……。

そう拳を握りしめた時だった。

「皆の者、よく聞きなさい！」

突然、天から声が降った。高く、張りのある女の声だ。

その場にいた全ての人間が声の主を求めて視線をさまよわせた。

城門の隔壁に腰掛ける影が見える。

女だ。腕に絡めた被帛が風に舞う。

「女がいるぞ！」

「おいおい、どうやってあんなところに……？」

理解の及ばぬ光景を目にし、町の者たちが恐れ慄くように囁き合っている。

続く彼女の言葉が、さらに彼らの畏怖を招いた。

「お黙りなさい、山の子らよ。妾は翠母様の遣い。そなたらの母なる者の言葉を伝えにきた」

翠母——我が国の創世の女神——その名が不思議な娘から発せられ、場は騒然とした。

嘘だろ、なんの冗談だ、と言いながらも彼らの視線は娘に釘付けだ。

そして、俺の視線も。

「……と、桃英様……？」

なぜこんなところに？

その疑問を口にする間もなく、桃英様は隔壁から舞い降りた。

悲鳴があがる。城門の高さは、人の身丈の五倍以上。そこから落ちて無事でいられるはずもない。

だが、舞い降りたのは、あの桃英様だ。

彼女は被帛を風に泳がせながら、気負いも危なげもなく、民家の屋根の上に軽やかに降り立つ。

普通の人間のなせる業ではない。それが決定打だった。

「翠母様だ！」

まず一人の男が叫んでその場に平伏した。それを受けて、まるで波紋が広がるように次々と町の者たちが膝を折っていく。

「山の子らよ、聞きなさい」

彼女が、厳かに宣下する。

「そなたらの背後に聳える山。あの山の命が、尽きようとしている」

低いどよめきが人々から上がった。

「翠母様は山の子であるそなたらに情けをかけようと思し召しておられる――さあ、お逃げ。今宵、山が崩れ、この町は大地の一部に還るのだから」

彼女は人々を見渡しながら告げ、最後に俺を見た。

「山の子の王太子よ――この者たちを任せましたよ」

桃英様は軽く助走をつけて跳び、立ち木の枝をいくつか伝って再び隔壁の上に戻った。

そして、どこかへ消えていく。

「と……っ！」

思わず名を呼ぼうとした俺の口を暁が塞いだ。すかさず漣伊が声を張り上げる。

「さあ、翠母様の思し召しだ！　王太子の命に従え！」

暁が俺の耳もとで囁いた。

「あの公主様は大した役者だ。夫である殿下が彼女の芝居を無に帰されるな」

俺はハッとして頷く。そして跪いたままの民に命じた。

「俺は王太子の皜星狼だ！　王の名代として命じる。直ちにこの町から避難せよ、東に逃げるのだ！」

こうして慌ただしく民の避難が始まった。

人々が足早に町を出ていく様子を、私は城門の隔壁の陰から見守った。
「よかった、うまくいって」
心臓がまだバクバク鳴っている。
昨日、私は殿下を追って単身で宮城を出た。彼が劉将軍と共に行動するのが分かったので、軍の荷馬車にもぐり込んでここまでついてきたのだ。

しかし、避難を呼びかけても動かない人々を目にして焦った。せっかく熹李が忠告してくれたのに、これでは意味がない。

ならば私自身が熹李の予言を伝えたらどうだろう。信じざるを得ないような、私にしかできない形で。そう気づいて即興で芝居をした。まさかここまでうまくいくとは思わなかったけれど。

太陽が西に傾きつつある。まもなく夜が来る。

私が熹李と共有したのは、宵闇の満月を背景に山の一面が崩壊していく場面だった。崩落に巻き込まれていたのは、間違いなく今私がいるこの町だ。

「さあ、私も避難しなきゃ」

決意を込めて呟いた。熹李との交信で失った体力が十分に回復しないまま、ここまでやってきてしまった。これ以上は体への負担が大きすぎる。

最後の見納めに、と苛柱山を振り返り、

「えっ……!?」

私は目を疑った。九十九折りの登山道を、何かが登っていくのが見えたのだ。

その影は小さい。じっと目を凝らせば、男の子だと分かった。

――助けにいかなきゃ！

私は、無我夢中で隔壁を飛び降りた。

「こんなところで何をやっているの!?」

少年にはすぐに追いついた。山の中腹にある坑道の入り口で、彼は子犬を抱き上げている。

歳の頃は六つくらいだろうか。やんちゃ盛りの男の子だった。その腕に抱かれた子犬も元気いっぱいに尻尾を振っている。

「す、翠母様……？」

彼はきょとんと目を丸くした。そうだ、私は女神の遣いを演じていたのだった。

こほんと咳払いをする。

「そう、妾は翠母様の遣いである。そなたは翠母様の命を聞いてはおらぬのか？　はやくここから離れよ」

「ごめんなさい……でも僕、こいつを見捨てられなくて……」

彼はしょぼしょぼと訳を話し始めた。

腕の中の子犬は、彼が大人に内緒で世話をしていたらしい。冬には閉じられる坑道の入り口を小屋代わりにして、こそこそと育てていたのだという。

「小さな命を尊ぶそなたの心は美しい……だが、そなた自身の命も同じく尊いのだ。すぐに避難するぞ」

話している時間も惜しい。日は暮れ始め、西の空は橙から紫紺へと移り変わっている。

私は問答無用で子どもを抱え上げた。もちろん彼の腕の中の子犬も一緒に。

「さあ、山を下りるぞ。妾にしっかりしがみついておれ」

それだけ言って私は駆け出そうとした。ところが思ったように足が動かない。

「……やっぱりこれ以上無理はできないか」

「翠母様？　どうしたの？」

私の首に腕を巻きつけた少年に尋ねられ、無理に笑ってみせた。

「なんでもない。さあ、共に下りよう」

一人と一匹分の重みをなんとか抱えながら、私は下山を始めた。駆けたり跳ねたりはできなくとも、普通に歩くくらいならまだなんとかなる。

道を下っているうちに男の子は眠ってしまった。飼い主につられたのか、子犬もスヤスヤと寝息をたてている。私の肩にこてんと預けられた彼らの頬が温かい。そのぬくもりを感じながら、絶対にこの子たちを救うのだと息を切らした。

実を言うと、かなり焦っている。

山の内部から聞こえてくるのだ――ゴゴゴゴ、という不吉な音が。加えて頭上からぱらぱらと小石が降ってくる。

どちらも山崩れの予兆だ。この山は今、間違いなく自壊しようとしている。

分かっているのに足が重かった。息が苦しい。顔が上がらず、先ほどから自分の足もとばかり見ている。こんな小さな子たちを抱いているだけなのに、なんて情けない。

「あとちょっと、あとちょっとよ……」

この子たちを死なせるわけにはいかない。

――それに、星狼殿下は、誰一人死なせたくないとおっしゃっていた。

彼のことを考えると、尽きかけていた力が湧いてくる。

「よし……まだ頑張れるわ！」

もうひと踏ん張りと、顔を上げた。

その視線の先に――光が見えた。

銀色の煌めきだ。風に吹かれ、月の光を弾き、きらきらと瞬くように輝いている。

私は目を疑った。

「星狼、殿下……？」

今まさに胸のうちに思い描いていた人が目の前にいた。山道を登って、こちらに近づいてくる。

憮然と眉を寄せ、唇を引き結んでいる。明らかに怒っている。それなのに私を見つめる眼差しは優しくて苦しげだった。

彼は私の目の前までやってきて、腕の中の男の子を引きとった。

「こんなところで何をやっているんですか、と叱らなければと思ったんですが……事情を察しましたから、何も申しません」

殿下は少年の寝顔を愛おしそうに眺めながらそう言った。

「殿下こそ、こんなところで何をしているのです？」

叱りたいのはこちらの方だ。

「もちろん桃英様を追って参りました。先ほどは民の説得にご尽力いただきありがとうございました——あの時からもう限界だったのでは？　お顔も唇も、真っ青でしたよ」

気づいていたのか、と驚く。でも事態が事態だ、喜びよりも怒りの方が勝った。

「だからってあなたがわたくしを追ってきてどうするのです⁉　淑妃におっしゃっていたじゃないですか、崩れるという山に登るわけではないと！」

「そうでしたっけ？」

殿下はすっとぼけながら私の手をとった。

そのぬくもりがあまりに愛おしくて、泣きたくなった。

「お叱りは道々。とにかく今は急ぎましょう」

力強く彼に手を引かれながら山を下った。抱えているのが子犬だけなら大した負担ではない。しかも今は殿下が一緒だ。足取りは軽かった。

九十九折りの山道の、まもなく最後の一折れだ。

「星狼殿下、助けにきてくださってありがとうございます」

もうすぐ山を下りられると思うと、張り詰めていた気持ちが緩んでいく。

「こちらこそ桃英様に感謝を。民を東の平原へと逃したら、そこに食料やら天幕やらが運ばれてきて、奇跡かと思いましたよ。後宮の妃たちが手配をしたのだと聞き、二重に驚きました」

私は首を振る。

「わたくし以外の皆様のお力です。殿下が現場に赴くなら後方から支えようと、決起してくださったのです」

「それを促したのが桃英様だったと聞いています。俺には彼女たちに頼るという頭がなかった。本当にあなたは俺にないものをお持ちだ」

褒められると居心地が悪い。実際に動いたのは私以外の妃なのだ。特に史淑妃の手柄を奪って殿下の歓心を買うような卑怯な真似はしたくない。

「いいえ。さすが史淑妃は殿下が選んだ真の妃です。彼女の功績をお認めになり、今後もより深いご寵愛を授けなさいませ」

「は……？」

彼はぴたりと足を止めた。周囲はすでに暗い。けれど彼の銀の瞳は、満月の光を映して鈍く輝いていた。

「寵愛？　真の妃？　紫薇が？　……どういうことです？」

殿下の声が硬い。私は思わず彼の手を離した。

「誤魔化す必要はございません。史淑妃だけが星狼殿下の寵妃でしょう？　そのくらいさすがに気づいております」

彼はもう一度「は？」と刺々しい声を漏らすと、一拍置いて天を仰いだ。

「……陛下がおっしゃった『片想い』の意味がやっと分かった」

「なんですか？」

「紫薇は俺の愛妃ではない――桃英様はなぜそのような勘違いをされているのです」

勘違いという言葉にカチンときた。そうやってなんでも私の誤解のせいにしてすませようとしないでほしい。

「どんなに隠そうとしても、わたくしには分かります。だって殿下の香りは……！」

そう叫んだ瞬間だった。

私と殿下の間、地肌が剥き出しの山道に亀裂が走った。

「あ……！」

私たちの悲鳴が凄まじい轟音に呑み込まれる。

足場を失い宙に放り出されながら、私は必死に殿下に手を伸ばした。

満月が無情にも美しく輝いている。

片手に子犬を抱えたまま伸ばした手の先で、殿下の姿が土砂に呑まれて消えた。腕の中の子どももろとも、跡形もなく。

目を覚ました直後、俺は己が死んだのだと確信した。

体が動かない。目を開けているつもりなのに何も見えない。

最期の記憶は、桃英様がこちらに手を伸べる姿だ。そしてそれは土砂によって塗りつぶされた。

彼女は無事だろうか。優れた身体能力を持つ彼女のことだから大丈夫だ、と自分に言い聞かせる。

こちらは死んでしまって申し訳ない。あまり泣かないでくれるといいのだが。四年前の紫薇みたいに自暴自棄にはならないでほしい。

どこともなく全身が痛かった。死というものはこうも痛いものなのか。

「翠母様……？」

突然耳もとで声がして、俺の全身がびくりと跳ねた。その拍子に鈍痛が巡る。

「痛っ！」

「あれ、翠母様じゃない……？」

俺は思い出した。小さな命を抱えていたことを。そして気づく。痛みを感じる体があるなら、俺はまだ生きているのだ、ということに。

「——俺は星狼という者だ。お前の名は？」

「僕は勇優だよ」

「勇優、痛いところはないか？」

「だいじょぶ」

俺は胸を撫で下ろした。

「僕、さっきまで翠母様と一緒にいたはずなんだけど……」

少年は桃英様を翠母だと信じきっているようだった。それに調子を合わせておく。

「勇優が寝ている間に俺が翠母様からお前を預かったんだ」

「……どうして僕たち、こんな真っ暗なところに閉じ込められているの？」

返答に窮した。そして彼を安心させようと嘘をつく。

「……外は危ないからって、翠母様が俺たちを隠してくださったんだよ」

「そういうことかぁ」

「ああ。危険がなくなれば外に出られるからな」

俺はぽんぽんと彼の背中を叩いた。

そうやって少年を励ましながら、状況の把握に努めた。

俺たちは崩落に呑まれた。だが、幸運にも何かの拍子にできた隙間に入り込んで生き延びたのだろう。声の反響から推測するに、そんなに大きな空間ではない。先ほどから足を動かそうとしているが、うまくいかない。どうも何かに挟まっているようだ。

全身が痛むが、手にも足にもとりあえず感覚があるのだから、致命的な傷は負ってはいないはずだ。

だが、恐ろしいのは光が一切入り込まないことだった。この閉ざされた場所には外界との通気口がないのだろうか。

「星狼も翠母様の姿を見た？」

勇優は興奮気味に俺に問いかけた。この状況に彼が怯えていないのが救いだった。

「もちろん。城門から舞い降りたところも見たし、何より勇優を引き取った時にお話しもしたからね」

「そりゃそっか——ねえ、翠母様ってあんなに可愛い方だったんだね」

無邪気な声に頬が緩んだ。

「そうだな……俺も、あんなに可愛らしい方、今まで会ったことなかったよ」

そう答えながら、桃英様の姿を思い浮かべる。

「……もう一度、彼女に会いたいな」

「会えるでしょ。だって危ないのがなくなったら、ここから出られるんだから」

「そうだな……」

そうなるといいのに、と思った。

きっと暁たちが俺を捜しているはずだ。万が一に備えて兵を率いてきてよかった。まさか自分が捜索対象になるとは思わなかったが。

「翠母様は山崩れから逃げられたかな？」

当然だ、とうけおいながら、それも心配だった。

最後に見た彼女は、俺に必死に手を伸ばしていた――自分から俺の手を離したのに。

「……まずいな、誤解されたままだ」

頭を抱えたい気分だ。

紫薇が俺の寵妃だと？　何がどうしてそんなことになったんだ？　そんなとんでもない誤解をされていると紫薇が知ったら、憤慨するに違いない。

「誤解？」

「ああ。……勇優、内緒の話なんだけど、実は俺は翠母様の夫なんだ」

「ええ⁉」

素直に驚いてくれる彼が愛おしい。

「じゃあ星狼も神様なの？」

「いいや、俺は人間だ。でも、翠母様にお願いして結婚していただいたんだよ」

「すごい！」

嘘が積み重なっていくが、彼女が俺の妻なのは真実だから、まあ、よしとしよう。

「俺は翠母様が大好きなのに、彼女は信じてくれないんだ。それで困っているんだよ」

「星狼は情けない奴だなぁ」

一丁前(いっちょうまえ)に彼が呆(あき)れるものだから、俺は苦笑(くしょう)した。

「そう、本当に情けない男なんだよ、俺は」

「じゃあいいこと教えてあげるよ。僕の父ちゃんも、母ちゃんとよく喧嘩(けんか)するんだけど、仲直りするための秘密の技があるんだって」

「それはぜひとも教えてほしいな」

こんな暗くて狭(せま)いところに二人きりなのに、彼は生真面目(きまじめ)に声を潜めた。

「あのね、それはね……」

だが、彼が言い切らぬうちに、ぱらぱらと頭上から砂がこぼれ始めた。同時にどこからか岩が転がるようなゴロゴロという音が聞こえてくる。

「せ、星狼！」

「大丈夫だ勇優」

まずい、この空間も長くは持たないかもしれない。

俺は小さな体をぎゅっと抱きしめた。

なんとかしてこの少年だけでも救えないだろうか。彼の両親のもとへと返してあげられないだろうか――。

いや、それだけじゃ、困る。そんなのは嫌だ。

俺は歯を食いしばった。

このまま、桃英様に誤解されたまま、死んでたまるか――！

その願いが天に届いたかのように――無明(むみょう)の空間に、光が一条射(さ)し込んだ。

瞳を灼(や)く光に、俺は咄嗟(とっさ)に目を瞑(つむ)る。

「殿下っ！　星狼殿下！」

瞼(まぶた)を閉じてもなお明るい視界の中、その声は響いた。

「いらっしゃいました！　ここです！」

――信じられない。

その声は、俺が何に代えても会いたかった人のもの。

「翠母様っ！」

勇優が歓声をあげた。

——ああ、やっぱりそうなのか。

俺は、ゆっくり瞼を持ち上げた。満ちた月を背景に、愛しい人の姿がそこにある。

「殿下、大丈夫ですか⁉　返事をしてくださいませっ！」

そう言いながら、彼女は俺の周囲の岩や倒木をどけていく。そのあり得ないほどの怪力を目にして、ああ本当に桃英様だ、と胸に熱が込み上げた。

まず勇優が救い出された。彼を受け取ったのは漣伊だ——顔をくちゃくちゃにして泣いている。どこかから暁の声もする。

そして。

「星狼様っ！」

桃英様の手が俺の頬に触れた。

「聞こえていますか⁉」

彼女は両手で俺の頬を包み込む。ポロポロと降る桃英様の涙が、俺を潤していく。

「……桃英様」

「ああ、よかった！　意識があるなら、返事をしてください！」

彼女に力強く腕を支えられ、俺は助け出された。

満月に照らされた桃英様のお顔が、文字通り手の届くところにある。

ほっとするより、この機を逃してたまるかという強い気持ちが湧き上がった。

そうだ、つまらぬ誤解は、今この場で無理やり解いてやる。

「桃英様、ありがとうございます。それと──」

俺は彼女を抱き寄せる。

「愛しています。あなただけが、俺の妃だ」

「えっ？」

目を見開いた彼女の顎に手を添える。

そして口付けをした。

この言葉が偽りだなどと絶対に思わせない。

そう決意して、長く、熱い口付けを。

「なぁんだ。星狼、ちゃんと分かってるじゃん！」

漣伊の腕の中で勇優が得意げにそう言ったことを、俺はあとから聞かされた。

終

「ほら、桃英様、このあたりの甜味を取り寄せました。一緒に食べましょう」

「は、はい……殿下、食べますから……そろそろ……」

星狼殿下は私の耳もとで囁くように言う。

「お疲れでしょうから俺が食べさせてあげますよ」

ぼっ、と音をたてる勢いで顔が熱くなる。

「殿下っ！　自分で食べられますから、そろそろ本当に離してくださいませ！」

そう訴えると、私を捕らえている腕にさらなる力が込められた。

「断ります。あなたは油断すると俺から逃げてしまうのだから」

拗ねたように言いながら、彼は私の肩に顎をのせた。

私は今、殿下の膝の上にのせられ、背後から抱きしめられている。

あの大災害で一時生き埋めになった殿下と、彼の捜索のために力を使い果たした私は、避難地の天幕での治療と休養を余儀なくされた。

私の不調は十分に寝れば回復する程度のものだし、殿下の怪我も幸い打ち身や擦り傷ですんでいた。

しっかり眠って目が覚めると、私の無事を喜んだ殿下に抱きしめられた。それからずっとこの調子で、いまだに私を離してくれない。

「星狼殿下、絶対に逃げないと約束しますから、とにかく一度離してくださいませ」

こんな風に甘やかされていることを、どう受け留めればいいのか分からない。

「嫌です。せっかく奇跡的に生き残ったのですから、まだ桃英様を全身で感じていたい……よくあの土砂の中から俺を見つけ出してくださいました。いまだに信じられない」

私は苦笑した。

「……殿下はとっても佳い香りがしますから。その香りを頼りに、嗅覚を研ぎ澄まして捜したのです」

「香り……？」

後宮を飛び出す前に、私は史淑妃の香りを目一杯吸い込んできた。

彼女と同じ香りをたどりながら星狼殿下を捜すのは苦しかった。でも、殿下を失ったら生きていけないと思った。だから必死に匂いを追って、彼を見つけ出したのだ。

殿下は意外そうに自分の衣の香りを嗅いでいる。

「嫌だな……俺ってなんの匂いがするんです？」

ここまで話してしまったらしようがない。

私はついに覚悟を決めた。

「殿下、大切なお話がしたいのです。わたくしを離してくださいませ」

そう言うと、星狼殿下は腕を解いて私を自由にしてくれた。真剣に求めれば絶対に人の意思を無視しない方だ。

寝台に腰掛けた殿下と向き合い、私は床に膝立ちになる。

「気づいていらっしゃらないようですが、殿下からは伽羅の芳香がします。かなり手の込んだ調合をされたものです。伽羅の甘い香りの陰に清涼な柑橘を感じます」

「あっ」

殿下は何かに気づいたようだった。

「史淑妃の移り香なのでしょう？　彼女からもまったく同じ香りがしますから」

「は……？」

彼は目を見開いた。そして、重たく考え込んでしまった。

「紫薇もこの香を……？」

私は彼に微笑む。丁寧に揖礼をした。

「殿下、わたくしは政略結婚によって降嫁した身。たとえ一の妃でなくても……史淑妃が殿下の最愛の妃でも、それを受け入れるくらいの度量はございます。もう嘘をついて誤魔化したり、無理してわたくしを丁重に扱ってくださらなくて結構です」

決意を込めてそう告げた。

それなのに、彼はぽかんと口を開け、すぐに頭を抱えた。

「なるほど、それで誤解が生じたのか……」

殿下は私に椅子を勧めると、ためらいがちに話し出した。

「桃英様、俺と紫薇から香る伽羅は——俺の兄が愛用していたものです」

「星狼殿下のお兄様……？　お兄様がいらっしゃるのですか？」

「はい。正確には、兄が『いた』のです。歳は俺の八つ上で、名は燿然。俺は元々王太子ではなかった、次王は兄上のはずだったのです」

「燿然様……」

「紫薇は兄上の婚約者でした。彼女は生まれた時から王太子妃、そして王后になるよう定められ、厳しく育てられたのです」

そうか、だから史淑妃はあんなにも洗練された所作を身につけていたのか。

「兄上と紫薇は政略結婚の婚約者でしたが、それは深く互いを想い合っていたのですよ」

殿下は懐かしむように微笑んだ。

「紫薇の方が年下で、最初は彼女ばかりが兄上に夢中でした——ですが、いつの間にか兄上も紫薇の虜になっていましたね。近くで見ていた俺の目が眩みそうになるほどの寵愛ぶりで」

　くすくすと笑う殿下は、楽しそうで、同時に苦しげだった。

「兄上はその名の通り陽光のような方でした。兄上が王になればこの国はもっとよくなるだろうと、みな期待していたのです。開国を決意したのだって、俺でも父上でもなく、耀然兄上だった……」

　言葉が重たく沈んでいく。

　話の続きを聞くのが怖い気がした。殿下はずっと、兄君のことを過去形で話している。何より、今はその耀然様ではなく、弟の星狼様が王太子なのだ。

「ですが、兄上は――死んでしまった」

　絞り出すように殿下は言った。

「四年前のことです。その時、兄上は俺や官吏たちを伴って大黄帝国に赴いておりました。その帰路、賊に襲われたのです……」

　殿下は喉を詰まらせた。

「……俺やほかの者を見捨てて逃げればいいものを……兄上はまったく逆のことをした」

　史淑妃の悲痛な叫び声が鼓膜によみがえった。あれは星狼殿下が巨大な熊に立ち向かっていった時だった。

　――はやく行かないと星狼様まで己を犠牲にしてしまう……！

「まさか……？」

星狼殿下は頷いた。そのまま俯いてしまう。

「護衛が全て斬り伏せられ、追い詰められると、兄上は己を盾とし、俺を馬車に押し込んで無理やり逃がしたのです——今でも最期の兄上の顔が忘れられない。彼は笑ってこう言いました」

——星狼、お前が次の王だ。民と……紫薇を頼む。

「そんな……」

「紫薇の嘆きは凄まじいものでしたよ。部屋にこもって毎日泣いて、日々やつれて……でも表に出る時は気丈に振る舞うのです。耀然兄上の妃として、欠片も瑕疵がないようにと努めていた彼女ですから、それをやめられなかったのでしょう……」

今でもきっとそうですよ、と殿下は痛ましそうに笑った。

「けれど、彼女は正式には未婚だったので、兄上の喪が明けたのち、名門史家の娘としてほかの男に嫁ぐようにと実家に命じられたのです——それを受け入れられなかった彼女は、自ら首を括ろうとしました」

私は言葉を失った。

「幸い、未然に防げましたが……彼女は不安定だった。俺は紫薇とは幼馴染でしたし、義理の弟になるはずだったこともあり、家族のような付き合いをしていました。慰めるために訪れた俺に、彼女はこう嘆いたのです」

――わたくしは耀然様の妻よ、ずっと彼の妃でいたいの……彼だけを想っていたい……。

殿下は重たい息を吐いた。

「それがちょうど劉徳妃の心中未遂の数日前のことでした――俺は必死で探しました。誰も己らしさを失わずに、なんとか生きていける道はないかと」

堪えられなかった。私は膝の上で固く握られた殿下の両手を包み込んだ。大きな、たくましいはずの拳が震えている。

「殿下はそれで後宮をお作りになったのですね……彼女たちの心を救うために」

「はい。ちょうど温賢妃のことも漣伊から相談されていました。それで思い切って全員まとめて妃の位を与えるのはどうかと考えたのです――そのせいで桃英様にはつらい思いをさせてしまいました。心から申し訳なく思っています」

私は必死で首を振った。

「いいえ、そんなことありません！　妃の皆様は、今ではわたくしの大切な友人です。彼女たちを救い、わたくしと出会わせてくれて、ありがとうございます」

「桃英様は本当にお優しいな……」

彼は自嘲するように笑った。

「兄上が亡くなってから、とにかく毎日必死でした。兄上と比べて自分が劣ることは分かっています。せめて少しでも兄上に近づこうと思った。耀然兄上だったらこんな時どうするだろうと何度も考えました。そういう時は一人で部屋にこもって兄上が愛用していた香を薫くのです。そうすると、彼がそばにいてくれるような気がして……」

ああ、そうだったのか。

殿下から密やかに香る伽羅は、彼が亡き兄君を求めて燻らせていたものだったのだ。

そして史淑妃は――。

「では、史淑妃……紫薇様は、今でもあの伽羅の香りを縁に耀然様を想っていらっしゃるのですね」

殿下は切なく頷いた。

「桃英様が蓮の花を模した甜味を披露した時、紫薇が泣き出したでしょう？　あれは、かつて兄が紫薇のために帝国から持ち帰った土産と同じものだったのですよ」

「それは……わたくしのせいでつらい思いをさせてしまったのですね」

「いいえ。人前で紫薇が泣いたこと、俺はいい傾向だと思いました。心が回復している証拠でしょう」

殿下は重たい空気を振り払うように笑った。

「さて、桃英様。俺と紫薇が同じ香りをさせている理由をご納得いただけましたか？」

彼はもういつもの余裕を取り戻していた。からかうように首を傾げ、私の手を握る。悲しい話はもう終わりです、とその瞳が語っていた。

「はい。あの、誤解していて申し訳ございません……」

「そうそう、しっかり謝っていただきますよ。桃英様はひどい。俺は最初から、俺の妃はあなただけだと伝えていたのに」

初めて対面した時の殿下の言葉がよみがえる。たしかに「あなたを唯一人の妻として大切にする」とおっしゃっていたけれど……。

「それに天に誓ったじゃないですか」

――翠山国王太子嵪星狼は、大黄帝国公主范桃英を唯一の妻とし、生涯愛し守り抜く。

「そ、そうですけど……どう考えても駆け引きとしか思えませんでしたし……それに、あの時点では別にわたくしを愛してなどいなかったでしょう?」

おや? と彼は勝ち誇ったように笑った。

「では今の俺の気持ちはすでに分かってくださっている、ということですか?」

「あ、あの、それは、その……」

しどろもどろになって全身を熱くする私を引き寄せ、彼は私をきつく抱きしめた。

「もう絶対に逃がしません――百花殿に渡った夜にあなたに逃げられて、ずいぶん傷つきましたからね。二度とあんな想いはごめんだ」

ふざけているような言葉の陰に星狼殿下の本心が感じられて、私はどうしようもなく彼を抱き返した。

「本当に申し訳ございません。わたくしもあの時は混乱していたのです。殿下のことを愛していると気づいたのに、史淑妃こそが真の妃だと思い込んで……」

彼は私の体をかき抱いた。しばらく縋るようにしたあと、不意に体を離し両手で私の頬を包み込む。

「桃英様、さっきのをもう一度言ってください。俺のことを……ってやつ」

「で、殿下、少し意地悪が過ぎませんか……？」

恥ずかしくて顔を逸らしたいのに、彼の両手がそれを許してくれない。

「おっしゃる通り意地悪なんですよ、俺は。最初から知っていらっしゃったでしょう？」

その言葉にはさすがに憤慨した。

「もちろん最初に対面した時は意地悪な方だと思いましたよ！　でも、今は世界で一番優しい方だと知っています！」

言い切ると、殿下は目を丸くした。みるみるうちに彼の頬が朱に染まっていく。

今こそ仕返しの時だ。私は彼の熱くなった頬を両手で包んだ。どんなに恥ずかしくたって、私から顔を背けられないように。

星狼殿下は、降参したように笑う。

「参るなぁ。桃英様はいつも俺の予想の斜め上を突いてくる。俺はきっと一生あなたに敵いませんね」

　彼は眩いものを見るように目を細めた。

「桃英様にはやっぱり『普通の妃』なんて向いていませんね」

「え？」

　突然何を言い出すのだろう。

「王后なんて目指すのはやめましょう。あなたは貴妃や王后なんかの位におさまる方じゃない。なんていったって、翠母様の御使いですし」

　彼はおかしそうにくすくす笑うが、こちらは焦るばかりだ。

「あ、あれはとっさの嘘ですよ！」

「でも、みな信じていたでしょう。俺と一緒に救われた少年なんて、桃英様を翠母様そのものだと崇めていた」

　彼は真摯な眼差しで私を見つめた。

「桃英様、いつか俺と共に王になりませんか？　俺たちは二人で翠山の王になるのです」

　予想もしなかった言葉に、私の頭は一瞬真っ白だった。

「王？　わたくしが？　殿下と共に？　ど、どういうことです？」

「前例はあります。若王を支えるためにその母が副王になったり」

「それは要するに摂政でしょう？　わたくしは殿下の妃ですし、わたくしごときがそんな……」

彼は首を振った。

「俺はずっと自分が王になる実感が湧かなかった。でもあなたとならできそうな気がする」

「え……」

別に今決めてくださらなくても結構です、と彼は優しく言った。

「とりあえず考えておいてください——まあでもどのみち桃英様には『普通』の生活なんて送らせませんが」

どういうことかと問う前に、彼は私の耳もとで囁いた。

「やっと誤解が解けたんだ、もう遠慮はしませんよ——俺はこれから、あなたを際限ない愛で満たします。『普通』の夫婦なんて期待しないでください。あなたは、史上最も愛された妻になるんです」

そう言い切ると、彼は私に口付けた。

甘く、長く——溺れてしまいそうなほど、熱い口付けを。

黄金の光が闇の中を滑るように飛ぶ。金の竜だ。遥か彼方からこちらを目指してやってきて、私の前でひらりと宙返りし、人の姿に変わった。

「熹李、久しぶり」

「うん、桃英。今日は元気そうだね」

私が笑うと、まるで鏡に映したみたいに熹李も笑った。そして彼は首を傾げる。

「今日は一体どうしたの？　普段はあまり呼んでくれないのに。まさかまたあの王太子にいじめられてるとか？」

私は慌てて首を振った。

「ち、違うの！　むしろその逆で……」

恥ずかしくなって言い淀む私を、熹李は穏やかな眼差しで見守ってくれた。

「分かってるよ桃英。だってこの間と表情が全然違うもの。君が今、とても満たされていることが分かる。王太子と心が通じたんだね。おめでとう」

彼は私の手を握った。現実ではない幻の世界でのことなのに、その体温を感じて胸が温かい。私は改めて彼に感謝を伝えた。

「熹李、ありがとう。この間は私の悩みを聞いてくれて。それに、翠山国の危機を報せてくれて――」

「水くさいな、僕たちは双子だよ。僕は桃英のためならなんでもする」

優しい言葉がくすぐったい。

熹李は今も昔も思いやりに満ちて、謙虚で思慮深い。こんな彼を陰謀の渦巻く帝国の宮城に残してきたのだと思うと、心配でならなかった。

「ねえ熹李、覚えてる？　昔母様が私たちに願ったこと」

「なんのこと？」

――あなたたちには特別な力がある。それを隠して、『普通』に生きるのよ。

ああ、と彼は瞼を伏せた。

「私、結局母様との約束を守れなかった。翠山では力を隠して生きようと思ってたのに、失敗しちゃって。謝りたくても、帝国にはもう帰れないから……」

母様の墓前に参る際には、私からの謝罪の言葉を伝えてほしい――そう頼もうとしたのに、熹李は首を振った。

「桃英、違うよ。君は約束を破ってなんかない」

「え？」

「覚えてないの？　母様は『普通』でいてくれと願ったあとに、よくこう言ってた」

――あなたたちは『普通』でいいのよ。力なんてなくたって、母様は熹李と桃英のことが大好きなんだから。二人とも幸せになってくれれば、それでいいの。

母様の声が、聞こえる気がした。

繰り返し思い出してきた悲壮な声ではなく、包み込むようなぬくもりに満ちた声が。

「そんな……てっきり母様は、私の力を疎んでいたのだと……」

そうではなかったのだ。母様はただ私に幸せになってほしいだけだった。どんな私でも愛していると伝えてくれていたのだ。

視界が潤んで熹李の笑顔が揺れた。

「君は約束を破ってなんかいない。だって桃英は今幸せなんだろう？　翠天後宮で王太子に守られて」

「うん。そう……そうなの……」

「母様も喜んでるよ」

子どもみたいに泣きじゃくる私を慰めて、熹李は冗談を言った。

「僕は悔しいけどね。本当は僕が桃英を幸せにしたかったのに」

「ふふ、熹李は相変わらず私に甘いわね」

私は彼の手を強く握り返した。

「熹李も幸せにならなきゃね、母様のためにも」

ふ、と彼は力を抜くみたいに笑った。

「そうだね、僕も頑張るよ――さぁ、そろそろ戻ったほうがいい」

「うん。熹李、体に気をつけて、無理しないでね」

「大丈夫。桃英こそ、何かあったらまた僕を呼んで。いつでもすぐに駆けつけるから」

最後まで過保護な熹李に促され、私は瞼を閉じた。

「よろしいですか、公主様っ！」

卓に身を乗り出す勢いで語る史淑妃に、私はたじたじだった。普段は完璧な『妃の鑑』である彼女が、不作法に星狼殿下を指差す。

「わたくしの夫である耀然様は、この方の何百倍、何千倍も素敵な方なのですよ！」

芽吹き始めた梅を愛でましょうと、殿下と妃を百花殿にお招きした。美味しい甜味もたくさん用意して、楽しい茶会にするつもりだったのだけど……私は淑妃にものすごい勢いで叱られている。

とばっちりを食らった星狼殿下は苦笑したまま、特に反論をしない。常とは異なり感情を露わにした淑妃を家族のように見守っている。

史淑妃は私に詰め寄った。

「わたくしが星狼様の寵妃だなんて、どうしてそんな思い込みを……⁉　わたくしは耀然様しか愛しておりませんのに！」

「も、申し訳ございません史淑妃。先ほどから説明している通り、お二人の纏う香りが同じだったせいで、とんだ勘違いを……」

劉徳妃と温賢妃の忍び笑いが聞こえてきた。

いつかのように徳妃が私を庇ってくれる。

「淑妃、そろそろ勘弁してあげたらどうだい？　公主様に悪気はないのだし」

「ええ。それに事情を知りながら公主様に説明しなかった我々にも非がございます」

賢妃も助け舟を出してくれて、徳妃もそれに頷いた。でも二人にはなんの責任もない。

淑妃の事情を軽々しく話すような二人ではないのだから。

ふん、と淑妃は顎を上げた。

「分かりました。お二人に免じて許して差し上げます。でもこのような勘違い、許すのは今回だけでございますよ」

「は、はいっ！　肝に銘じます！」

ぴんと背すじを伸ばして応じる私の肩に、殿下が手をのせた。

「紫薇、安心してほしい。二度とこんな勘違いは俺が起こさせない。俺の唯一無二の寵妃は自分だと、桃英様には嫌と言うほど分かっていただくつもりだから」

「せ、星狼殿下……！」

なんてことを言うのだ。ほかの妃も聞いている前で。

まあ、と桂鈴が目をきらきらさせている。まるで御伽噺に心躍らせる娘のように。

一方で殿下のこの調子にすでに慣れっこになってしまった夏泉は、淡々と給仕を続けていた。

「……というか」

と、史淑妃は本日最大の怒りを殿下に向けた。

「そもそも星狼様が不甲斐ないからこんな誤解を招いたのですっ！」

「そうだな、それは間違いない」

劉徳妃が大仰に頷き、

「ええ。殿下は大いに反省しなければなりませんね」

と、温賢妃まで追い討ちをかける。

これは参ったな、と殿下は頭をかいた。背後に控えた温侍中が苦笑する。

「星狼サマ、この妃たちには敵いそうにありませんね」

「まったくだ。どうもこの後宮の妃たちは、俺が思っていたよりずいぶんたくましいようだ」

殿下のその言葉に、私たちはみんな声をあげて笑った。

天を仰ぐと、蒼天に梅の花が綻んでいる。その香りに誘われ、艶やかな蝶が踊るように宙を舞う。
翠天後宮に長く待ち望んだ春が訪れようとしていた。

了

こんにちは、風乃あむりです。本書を手に取っていただき、ありがとうございます。
本作『翠天後宮の降嫁妃　～その妃、寵愛を競わず平凡を望む～』は、WEBの月額読み放題サービスであるカクヨムネクストで、その立ち上げとともに連載を開始した作品の一つです。幸いご好評いただいたこともあり、こうして紙の本や電子書籍としても出版させていただけることとなりました。ネクストでの連載中から応援してくださる読者の皆様には感謝してもしきれない思いです。
また、KadoKado（台湾角川運営の中国語小説投稿サイト）にも掲載していただきました。中国語圏の読者の皆様にお届けできるとは想定してなかったので、喜び半分、不安半分といった心境です。楽しんでいただけたら嬉しいなぁ。
本作は「あるはずのない後宮」に、帝国公主の桃英が降嫁することから始まる物語です。後宮というと、人々の愛憎と陰謀が渦巻く場所――というのが定番ですが、本作はそれとはちょっと異なった風味の後宮になっています。読み終わった皆様の心もポカポカと優しくぬくもっていますように。

この作品の執筆にあたって、企画段階から担当編集さんと作品を作り上げるという経験を初めてさせていただきました。担当さんの超弩級の根気強さのおかげで、なんとか作品として形にできました。ありがとうございます。

また、イラストを担当してくださった起家一子先生にも感謝を伝えさせてください。憧れの起家先生に描いていただいた星狼は、私の脳内にいた時よりもさらに数段かっこよく、大興奮でした。あと、個人的にお気に入りの暁まで描いてくださり……感動です。

最後に、本書を手にとってくださった皆様に改めて感謝を。

デビュー作のあとがきでも同様のことを書いたのですが、物語は花のつぼみです。書き手が育て、読み手に届いてその胸の中でふっくら綻び、それぞれの場所で独自の花を咲かせるもの。読んでいただくことで、作品が本当の意味で完成するように思います。

それでは、またどこかでお会いできましたら幸いです。

2024年初夏　風乃あむり

■ご意見、ご感想をお寄せください。
《ファンレターの宛先》
〒102-8177 東京都千代田区富士見 2-13-3
株式会社KADOKAWA ビーズログ文庫編集部
風乃あむり 先生・起家一子 先生

●お問い合わせ
https://www.kadokawa.co.jp/（「お問い合わせ」へお進みください）
※内容によっては、お答えできない場合があります。
※サポートは日本国内のみとさせていただきます。
※Japanese text only

翠天後宮の降嫁妃
～その妃、寵愛を競わず平凡を望む～

風乃あむり

2024年7月15日 初版発行

発行者　山下直久
発行　株式会社 KADOKAWA
〒102-8177 東京都千代田区富士見 2-13-3
（ナビダイヤル）0570-002-301
デザイン　みぞぐちまいこ（cob design）
印刷所　ＴＯＰＰＡＮクロレ株式会社
製本所　ＴＯＰＰＡＮクロレ株式会社

ISBN978-4-04-737964-0 C0193

定価はカバーに表示してあります。
◇◇◇